U0468758

百年文学主流 ★ 小说大系

总主编 张清华 翟文铖

本册主编 周蕾

没有祖国的孩子

流离与呐喊
"东北作家群"小说

山东城市出版传媒集团·济南出版社

图书在版编目（CIP）数据

没有祖国的孩子 / 舒群等著 . — 济南：济南出版社，2022.1
（百年文学主流小说大系 / 张清华，翟文铖主编）
ISBN 978-7-5488-4941-4

Ⅰ.①没… Ⅱ.①舒… Ⅲ.①中篇小说—小说集—中国—当代②短篇小说—小说集—中国—当代 Ⅳ.①I247.7

中国版本图书馆 CIP 数据核字 (2022) 第 005958 号

百年文学主流小说大系·没有祖国的孩子
本册主编：周蕾

责任编辑： 宋涛 闫菲
装帧设计： 牛钧

出版发行：济南出版社
编辑热线：0531-82772895
地址：山东省济南市二环南路1号
印刷：济南新科印务有限公司
版次：2022年1月第1版
印次：2022年1月第1次印刷
成品尺寸：148mm×210mm 1/32
印张：7.25
字数：161千字
印数：1—5000册

定价：56.00元

如有印装质量问题，请与出版社出版部联系调换
电话：0531-86131736

版权所有 盗版必究

总序

自从1918年5月15日4卷5号的《新青年》上刊载了现代中国第一篇白话小说《狂人日记》至今，新文学已走过了百余年历史。百年以来，新文学始终与现代中国社会历史的风云变迁相互交织激荡，从启蒙到救亡，从民族解放到社会变革，所有重大的事件、历史的转折，还有这一切背后的精神流变，都在文学中留下了生动的印记。

因此，本套丛书的出版目的，即是要通过对经典作品的系统梳理，完整而形象地再现这一过程，展示其历史与精神景观。每篇作品都承载着一段民族记忆：或是一个历史的瞬间，或是一个生活的小景，或是一朵思想的火花，或是一道情感的涟漪，但这一切都与大历史的变迁息息相关，都与社会进步的洪流汇通呼应。

为了尽量完整地呈现这种历史感，我们按照时间线索，依循文学史演变的轨迹，选择了若干重大的现象，它们或属文学流派，或是文学运动，总之都是百年新文学中最接近于社会主流运动的部分，故称之为"百年文学主流"。这一名称，得自丹麦文学史家勃兰兑斯的《十九世纪文学主流》的启示，同时也贴合着百年新文学的实际。

这套丛书的定位是普及本，阅读对象首先是普通读者、文学爱好者，包括广大学生读者，其次才面向专业研究人员。因此，主题内容上的积极健康是我们选编持守的一个基本标准。选文尽力容纳每个时代最具代表性的作品，因为它们更多承载着时代的主导价值和进步的精神追求，且能让我们以最直观的方式感受到历史跳动的脉搏。

除了上述要求外，最能体现本丛书编选特色的，是我们还特别关注作品的艺术性和可读性。尽管是"主流"，但绝不意味着对于艺术标准的忽略。同样是某一时期的作品，我们会尽量选取那些艺术上更为成熟和讲究的，如孙犁的《铁木前传》、宗璞的《红豆》、王蒙的《组织部来了个年轻人》这些脍炙人口的名篇；甚至还有一些特别富有艺术探索倾向的作品，像魏金枝的《制服》、萧红的《手》、端木蕻良的《爷爷为什么不吃高粱米粥》、萧平的《三月雪》等，都采用了儿童的叙事视角，通过对视野的限制和陌生化处理，使叙述显得更富有诗意。

正是因为对艺术标准的注重，这套丛书还选入了一些相对"另类"的篇目，在其他普及本中难得一见。如洪灵菲的《在木筏上》、曾克的《女神枪手冯凤英》、秦兆阳的《秋娥》、徐怀中的《十五棵向日葵》、海默的《深山里的菊花》等等，不一而足。这些作品要么在人物与故事上更加新奇，要么在风格上更为独特和陌生，总之都会给读者带来更新鲜的体验。

长篇小说是"百年文学主流"中的砥柱之作，但篇幅所限，无法像中短篇那样尽行选入，只能在今后该丛书的其他分类卷次中一一展现。

丛书以历史的流变和风格的趋近为划编依据，分为以下 10 卷：

《天下太平》　　　普罗文学与"左联"小说
《没有祖国的孩子》　"东北作家群"小说
《暴风雨的一天》　　抗战时期的"左翼"小说
《喜事》　　　　　　解放区的翻身小说
《一颗未出膛的枪弹》　解放区的战争小说
《喜鹊登枝》　　　　"十七年"的合作化小说
《十五棵向日葵》　　"十七年"的革命历史小说
《明镜台》　　　　　"十七年"的探索小说
《第十个弹孔》　　　新时期的反思小说
《阵痛》　　　　　　新时期的改革小说

　　将"东北作家群"独立编为一卷，是有特别的考虑。早在九一八事变以后，东北作家群已开始了四处漂泊的生活，创作出大量以悲情怀乡与抗日救亡为主题的作品，这应该是中国最早的"抗战文学"了。这个作家群后来与"左翼"作家非常贴近，萧军、萧红等深受鲁迅影响，亦是人所共知的事，因此，他们又被视为"左翼"创作的重要力量。将他们单列出来，除了因为其作品数量庞大，当然也是为了凸显该作家群的渊源与风格的独特性。

　　另外还需交代的，是每卷前面有一个编选序言，简要说明了该卷所涉作品的总体倾向、艺术特点、文学史地位等。每篇作品均配有一个简要的导读，分"关于作家"和"关于作品"两个部分。"关于作家"是一个作家小传，介绍作家的生平和创作简历；"关于作品"则主要介绍所选作品的思想艺术价值。所有导读文字，力图做到学术性和通俗性的结合，以让中学生和普通读者能够读懂。

至于文本版本的选定，原则上原始版本（初刊本或初版本）优先，亦选用"新文学大系"等权威选本中的文本，还有作者本人声明的定本或其他善本。每卷的字数大体均衡，约为16~18万字。此外，为保持作品原貌，使读者更易对写作时代的特点和笔触的风格产生深刻理解，对其中与现代用法不尽一致的字词暂做保留。

本丛书的编选者，或在高校任教，或在研究机构任职，或在国内外修读博士，但都是专门从事中国现当代文学专业研究的学者。依照本套丛书的选编顺序，编者们的具体分工如下：第一卷和第二卷由周蕾负责编撰，第三卷由黄瀚负责编撰，第四卷和第七卷由翟文铖负责编撰，第五卷由施冰冰负责编撰，第六卷由张高峰负责编撰，第八卷由刘诗宇负责编撰，第九卷由薛红云负责编撰，第十卷由陈泽宇负责编撰。

成书之际，适逢建党百年。百年风云舒卷，百年洪流激荡，百年文学亦堪称硕果累累。作为这一"主流"的一个汇集，一个展示，足以令人心潮澎湃。愿此书能够给亲爱的读者们带来一份慰藉，一份喜悦。

张清华　翟文铖
2021年6月8日，于北京师范大学京师学堂

序

20世纪30年代初,九一八事变前后,一大批东北籍青年写作者陆续从关外辗转流离到北平、上海等地,他们初登文坛,执笔写下的大多是对故土家园的乡愁和对外敌侵略的反抗。从最初李辉英在《北斗》发表《最后一课》,湖风书局出版了《万宝山》,到1935年萧军的《八月的乡村》和萧红的《生死场》作为"奴隶丛书"在上海问世,再到端木蕻良带着《鹭鹭湖的忧郁》和《乡愁》,舒群带着《没有祖国的孩子》和《老兵》,罗烽和白朗夫妇带着《呼兰河边》《伊瓦鲁河畔》,骆宾基带着《边陲线上》等作品相继走向文坛。鲜明的地方色彩、深重的民族苦难、决绝的抗争与沉痛的呐喊,这些特质慢慢形成了他们在文坛独特的创作风貌。"东北作家群"作为一支别具特色的新生力量,也逐渐被大家所接受和认可。

本书所选的就是这一创作群落发表于20世纪三四十年代的小说。基本的编选原则是:(一)尽可能选取产生较大反响且具有一定代表性的作品;(二)尽可能选取主题意蕴丰富、艺术性高、可读性强的作品;(三)尽可能广泛地选取不同题材、不同类型、不同风格的作品。选出来的这十篇小说,大致可分为四类。

这里有流离者的乡愁。故土沦丧、漂泊异乡,"东北作家群"的创作者无论是在上海,在北平,还是在武汉,在重庆,抑或在桂林，在香港，他们颠沛流离，辗转大半个中国，最割舍不下的就是被占领的家乡。乡愁，是我们进入这个创作群落的关键入口。在本书所选的作品里，乡愁不是抽象的宏大的抒情，而是绵长的琐细的记忆：一块豆腐、一篮甜瓜、一口水井、一座小桥、一床花布被面、一根柳条哨子，嘈杂的打麦场、热闹的野台子戏，望坡人高声的呼啸、偷青人甜蜜的憧憬、白发老人渺茫的企盼、病弱孩子无助的嘶喊……可以说，正是这些最日常、最普通的细节和场景，建构起了"东北作家群"小说令人备感亲切又无比忧伤的乡愁主题。

这里有反抗者的呐喊。"东北作家群"是最早最集中地书写抗日与民族救亡主题的创作群体。早在1931年9月，吉林沦陷后的第十三天，在上海求学的李辉英就完成了第一篇表现反抗侵略的小说《最后一课》。此外，本书所选的几篇如白朗的《生与死》、骆宾基的《一个倔强的人》，都属于这一类作品。与大部分自觉的有鲜明立场的抗日小说不同，"东北作家群"小说里的反抗者，他们的抗争更多是朴素的、自发的，是源自家乡沦陷后生不如死的绝境，是被逼到绝境后爆发出来的生存和救亡意识：不能再做逆来顺受、任人宰割的"亡国奴"！就是脑袋挂满了整个村子所有的树梢也要反抗，千刀万剐也要反抗！这倔强不屈的呐喊，也表达了一个平和的民族在外族压迫下觉醒、奋起抗争的强大意志。

这里有对民生多艰的哀戚。除了反抗侵略，"东北作家群"的许多小说，还将目光聚焦于战争对人们基本生活状态的破坏，着重讲述东北普通民众在沦陷时期竭力挣扎却日益困顿的日常故事。本书所选的几篇如李辉英的《驿路上》、端木蕻良的《鹭鸶湖的忧郁》《爷爷为什么不吃高粱米粥》，写的都是这样的故事。这些作品，有意淡化外在的冲突和叙事的紧张感，没有写血腥的屠戮、严酷的镇压，也没有跌宕起伏的情节，生活底色里的苦楚和辛酸，就通过一间开不下去的茶棚、两个"偷青人"窘迫无助的眼神、一碗快吃不上的"高粱米粥"克制地表达出来。无数的悲剧，点到即止，却写尽了普通人在乱世艰难活下去的哀戚。

这里也有对愚夫愚妇的反思。自鲁迅的乡土小说开始，接受现代思想的新知识分子，在书写故乡时，一条重要的路径就是启蒙——通过表现故乡和故乡人的蒙昧、落后，以达到启发反省及"改良这人生"的文学目的。"东北作家群"的部分作品，延续了"五四"启蒙的写作传统。比如萧军的《马的故事》，这篇小说写了一个爱马如命的人——杨德，他不关心远方的世界有什么、是什么样的，也不关心近处的省城、县城以及村里别人的生活怎么样，哪怕是日本兵已经占领了县城，他的眼里还是只有自己的那匹马和几亩地。直到听说日本人什么东西都抢，会赶他的马"去踏地雷"，他才真正陷入恐慌，从此惴惴不安。这类作品痛切反思了中国乡村经过几千年自然经济的发展，封闭保守和自足自利的小农意识已经固化到极点，甚至在亡国的阴影下仍然浑浑噩噩、不觉醒、不自救的状态。

其实，大多数情况下，这些主题在"东北作家群"的作品里是交叉融合的，这几个方面是他们创作的共同特质。笔者勉为其难分开来谈，只是为了方便读者朋友能从不同角度更深入地了解这个文学群落的创作风貌。总体而言，"东北作家群"的创作极为丰富，且影响深远。直到现在，我们从迟子建等当代作家的作品中还能清晰地辨别出源于20世纪30年代的文脉生生不息。可以说，这是一个有渊源、有传承、有鲜明特色的创作群落，他们的作品历经近百年的时间淘洗，依然具有恒久的艺术魅力。

编　者

目录

最后一课/李辉英…………1

驿路上/李辉英…………19

牛车上/萧红…………32

手/萧红…………45

马的故事——在满洲/萧军…………63

鹭鹭湖的忧郁/端木蕻良…………85

爷爷为什么不吃高粱米粥——百哀图之一/端木蕻良…………98

没有祖国的孩子/舒群…………112

生与死/白朗…………135

一个倔强的人/骆宾基…………151

最后一课

李辉英

【关于作家】

李辉英（1911—1991），原名李连萃，满族，生于吉林省永吉县。在中学就读期间，李辉英慢慢喜欢上五四新文学；1929年考入上海中国公学，期间受到沈从文、赵景深等老师影响，开始尝试创作。1932年在"左联"机关刊物《北斗》上发表短篇小说《最后一课》，同年加入"左联"。稍后创作完成长篇小说《万宝山》，与张天翼的《齿轮》、华汉的《义勇军》一起编入湖风"文艺创作丛书"，1933年由湖风书局出版。在20世纪三四十年代陆续出版短篇小说集《丰年》《人间集》《火花》《夜袭》，长篇小说《松花江上》《重逢》和《雾都》等。1950年定居香港，后期主要作品有长篇小说《人间》《四姊妹》等。1991年病逝于香港。

【关于作品】

《最后一课》1932年发表于《北斗》第2卷第1期，后收入短篇小说集《山河集》，1937年由上海新生书店出版。

这篇小说写的是1931年日军侵占吉林后，吉林省立女子中学的学生"我"（静真）一天的经历。作品以第一人称"我"（静真）作为视角人物和叙述者展开叙事：早上"我"逃过母亲的监管偷偷返校上课，路上想起张老师在课堂上教育大家不要做被驯服的亡国奴；在冷清的校园看到同学慕遐，得知张老师被通缉，学校也即将被封校；"我"和慕遐结伴回家，路上撕掉了日本人粉饰侵略的布告，被伪警察捉住要带到公安局；正好校长路过，陪"我们"一起去说明情况，在公安局等了很久一直没有人来审问，送饭的厨子告诉"我们"，因为刚抓到的张姓女教员逃脱了，日本兵和伪警察正在全城搜捕，他们没时间来管"我们"；晚上十点多经过审讯后，在校长的担保下，"我"和慕遐被释放；回到家，"我"跟母亲说是去同学家待了一天，心里却暗自决定不能束手待毙做亡国奴，第二天要继续出去"实行我的新工作"，小说就此结束。

这篇小说原稿题名《某城记事》，发表时经《北斗》主编丁玲建议，改名为《最后一课》。小说中，"最后一课"首先指的是爱国女教师张老师在吉林沦陷后给同学们上的课，张老师教育大家要爱国，要自强，不要害怕，也不能逃避，"中国人太不要强了"，才让孩子们这么小就做了亡国奴。这一课是通过"我"的回忆呈现出来的，在张老师教导的鼓舞下，"我"勇敢地撕掉愚民的日伪布告，愤怒地斥责伪警察是"走狗"。其次，校长在学校封校前的最后一天，竭尽全力保护学生、引导学生，告诉"我"和慕遐要学会如何斗争、不做无谓的牺牲，"要各处奔走，各处工作，唤起民众"……这也是"我们"的"最后一课"。再者，这一天，一路从家里去学校，从学校去日伪的公安局，在沦陷的省城所见所闻所亲历的一切，对"我"而言也是触目惊心的一课，正是目睹了侵略者及其帮凶的残暴、目睹了长春城沦陷后的冷清沉默、目睹了"厨子""母亲"这些普通民众因为恐惧而逃避忍受的状态，才愈发坚定了"我"要行动起来的决心。

按作品初稿标注"廿年秋日军进占吉林后十三日写毕于吴淞"，这篇小说是1931年吉林刚刚沦陷时创作完成的，这也是20世纪30年代最早发表的"抗战文学"之一。之后，作家还陆续写了《地理课》《半天的功课》《女学校中》《某校记事》等一系列表现爱国师生反抗侵略的作品。

"哪里去，静真？"

"到街上去，就回来。"

怕母亲发觉我的逃避，到底还是让她看见了，可是我是不能听她的话的，我一定还要到学堂里去。我把书包夹在衣内肩膀下，天佑我，她没有看破这把戏，我走出家门了，我逃出她的监视。

几天来因为日本兵占据全城，抢劫，奸淫，焚毁，常常把这些坏消息在日本兵严密监视下传入我们的耳朵内，为了避去日本兵的侮辱，人们都躲在家内，街上再找不出昔日的热闹情形了。母亲不让我出门，就为的怕日本兵，她说像我这样小的女孩子，更有危险的，但我不听她的话。我们的家住在白旗堆子胡同，离学校很近，我可以一鼓气就跑得到，这事情近几日我天天这样做。最伤心的是些同学们，尤其是住在外县的同学们，都先后逃到家里去了，现在在学校内上课的人只是几个距离学校近些的人。一到校门，看到那如死去般的"吉林省立女子中学校"的牌子，不由我立时感到一种难言的悲哀。学校院子里的冷落情形，格外显得出一番凄冷景象。平日里，同学们院前院后厮闹，嬉笑，或是唱歌，现在都没有了，无处追寻了。我为了张先生的话感动得太厉害了，变成了她的话的奴隶。她说："孩子们，你们这样小就做亡国奴，多么可怜。为什么会受到这样的耻辱呢，——中国人太不要强了。那些官员，他们只知享福，向来不顾到民众利益的。他们只知卖国，把我们一般民众献给外人残害，他们都是靠不住的，最好还是要我们低级民众，大家联合起来，我们的苦痛相同，我们的目的相同，我们的工作才能紧张而有力呢。可怜的孩子们，你们看，日文课添上了，日文先生不是教过你们了么？你们没有做到完全的中国公民资格了，你们仅只受到短时的中国教育。你们到底爱护中国不？……"张先生的话说到后来把自己说哭了，我们六七个人也哭了。在哭泣中，我们一齐喊着："爱护中华民国到底！"可是，我有些怀疑中国的官吏，为什么不像外国人那样为国为民做事呢？在地理课上我知道了中国土地与人民比日本强得多多的呢，为什么放这些日本兵进城内？

这样想着我已经走到学校里了，我又想到张先生说的话：

"你们要来上学的，能有机会学一天中国文就尽一天力，将来或许永没有机会了，你们不要害怕，不要逃，不要躲在家里，逃到什么地方也难免受到同样的侮辱，躲在家里日本兵会找上来的，还是把胆子放大些。我们多见到一分钟的面，我就多使你知道些帝国主义下日本人的凶恶……"张先生真伟大，她是始终没有离开校内的。

然而她也只有说说罢了，学校里的功课，也逐渐改换，添了日文，国民改成公民，国文废除，史地是早早就改掉了，而且近来还常常抢入几个日本兵，贼眼迷迷各处察看，所以近来她不能尽情向我们说她所要说的话，说话时，不时用眼睛望着窗外。

"真！"

我抬头看，是慕遐，她的两眼哭肿了，轻声向我说："张先生走了，听说日本兵要捉她，现在正在城里搜捉。"

"真的么？"我哭了。

"我们回家罢。"她要求我。

我看学校里更冷落了，像一座坟场，除了我们两个人外，再也见不到一个同学的。我再向她问：

"那么，她们呢？"我不哭了。

"你说她们么？她们都走了，张先生走后，都走了。还有，日本有通令来，下午学校实行封闭呢。"

我知道这回是确实亡国了，亡到底了，学校再开门时，恐怕见不到可爱的中国文字了。我是何等的悲哟！

"不！"我气愤急了，"我不走！"

"你要送死！"

"送死。"

"赢了！"没说完话把我拖出门外。到门外，刚走不几步，从纸房胡同走出两个日本兵，向我们两个拼死力呆看，我愤极了，忽然想到肩膀下的书包里有一篇骂日本兵的作文呢，不好，他们要搜我不是坏了么？我悄悄一摸，那东西早已不知在什么地方在什么时候丢掉了。

他们没有搜，走开了。

在印花税办事院墙上，贴着一大张布告。"又是要我们做什么的？"慕遐说着，我们一同走上去看。

布告写着这样的字：

大日本军司令官布告

此次中日之冲突事件非日本军之无道实出于东北军宪之挑战完全以自卫手段究其事变之祸根为不顾国际正义之军宪者流一意专横压迫我民众横征暴敛之苛政有进无退侵害日本之正当权利惟其私人之私利私弊及己权之日事张大？蔑视东北三千万之民众及中日国交违反天意不顾民意而与日本军为敌者，乃东北军阀一流故斯对于彼等断然排斥以保证正义人道救民苦而厚民生并增进民众之福利，众其信赖日本军之保护农工商贾各安其业勉励所事以努力确立东北永远繁荣之基础所厚望焉。

大日本军司令官　本庄繁

"岂有此理！"我两个愤愤地伸起手给撕坏了。

"就这样容易就亡国了？"我一面向前走一面说。

"那你说该怎样呢？……"

"站下！"

我们听到这一声喊叫，回头一看，跑来一个警察，呼呼喘喘地停在我面前，"不能走，不能走，跟我到公安局去。"他向我们说。

"什么事情？"我问他。

"你们撕布告了，是不是？"

我刚想承认说是，慕遐抢先急口说："没有，没有，哪个撕布告，我们不知道！"

但是，他无论如何也不肯放我们两个人走。我气得想骂他，骂他一个中国警察,为什么帮日本人行凶,可是我没有说出来。

我愈发觉得中国亡到底了。

我们到底跟他走了去,我们是何等恐惧呀。"校长,"在走到通天街口遇见我们的校长,"援救我们。"

"走!"警察凶狠追我们走。

"什么事?"校长问。

我们简略地把事情告诉他,因为有些急,说出来的话有些不接气样子,我们没有承认撕布告,还骂那个警察。校长阻止我们骂,和我们一齐到公安局去。在路上,看那神气十足的警察,真是好一个帝国主义的走狗的典型!难道他们不知道中国快亡了,不爱护中国民众了?我想,想来想去也想不通。

我稍稍留意在街上看了一下,才是使我吃惊呢,街上的冷落情形,简直连做梦也梦想不到,虽然通天街在平日算不上最热闹的街道,车马行人总是络绎不断地来往,车铃响声、马蹄声、人吵声、马叫声……在这条街上随时皆可接触到的。可是现在,这些都没有了,除了偶然露出几个小巴儿狗和几个凶煞煞的日本兵外,只有我们四个人在街上行走。这条街真冷静极了。每家人家都紧紧关着大门,差不多的同样大小朱红的两扇板门,沉死地围着。一直走到三道码头街口,仍然见不到行人。我愤恨急了,这样大的城中,中国人都跑到什么地方去了?几个日本兵就可以占据全城么?官员们有他们的理由,为自己权力退避开去,献媚去,难道民众们还不自己起来么?这正是被压迫的大众出头的日子,这正是人类两大势力搏斗的时期,凡是从来被压迫在暴力的帝国主义之下的大众,不分东西,不分国别,皆得为了各自的生存而共同携手联合在一起共同奋斗的了。这城中的中国被压迫的民众,只消联在一起用各个人的热血，已经就够溺毙侵入的暴兵了，为什么在这时期这情景下不振作起呢？我想到这里，立时想到张先生了，我们能够知道这些，都由于她启迪的，但她现在哪里去了？天，保佑她，我忽然想到校长不是可以知道她么，我问校长说：

"×校长，我们张先生哪里去了？"

"她么？"他沉思一下说，"她，她怕不能留在这里了。"

"为什么？"半天没有发言的慕遐插嘴问。

可怜的校长，他不像往常那样庄严了，他摇了摇头，叹气说："她逃走了。"他的两眼确实红了起来。我明白了，她那样的好人，自然是有许多危险的。

"住口！不要讲闲话！"不知耻的警察来叱吓我们。我气极了，立时回骂他："混蛋！"我是一向不知道怎样骂人的，如今，我再顾不得什么尊严了。我同时知道他总不敢侮辱我。人到这时，宁可受到些侮辱，也不能默自忍受的！更有一回，他也是中国人，也站在被压迫阶级，他竟这样大言欺人，能令我不骂他吗？

"亡国奴！"我再加重一句骂他。

"你……"

"走狗的奴才！"不等他分辩，慕遐也骂起来。

"奴才！"

我们可把他骂得恼羞成怒了，他扬起手居然想打。我完全把怕打的事忘记了，我还想骂他，校长止住我们的争端。他郑重地向那个走狗说：

"你不能打，你犯法，我要告你！"

"等一会再见！"他愤愤说。

"等两会也不怕你！"我们又给他顶回去。

到公安局门前了，旗杆上高悬一面太阳旗，随风飘动，显得得意极了。门前布告牌都卸下了，墙上贴的布告也都撕成些破碎不完的纸片，令人想到一种衰落现象。但另外，有的墙上却贴些大幅的布告，标明"大日本军司令官本庄繁"的字样最多，另外有"吉林警备司令官天野少将"的布告，我看了，心里面说不出是怎样难过，尤其是，当我在这种布告中又发现到"吉林省长官公署熙洽"的布告时，我恨不找到这个卖国贼用手枪打死他！中国人，中国人这样的不争气！

正门旁，从先三四个站开的武装巡警，现在人数虽然如旧，可是枪支没有了，变成了徒手的警士了，但他们还不失旧日的威风。当我们走到把警察厅改为公安局不到二年的门口时，一个背红带子高个门警就拦住路，这自然不需我们交涉，过一会，由那个走狗讲明后，于是我们就被带进一个小屋子内。

我只记得起初有些穿戴相同的巡警们，一会探进了头，在半开的门中，露出些轻佻的眼色，向我们讥视着，过些时，我们三个人被倒闭在屋内了。屋内只有一个小窗子，有些阳光射在墙壁上，我们三个人似乎与外界隔绝了，听不到什么声音，每个人呆呆地默默地看着日影的转动。我忽然想到坐狱的事情上，不错呀，这样子不是很像么，我们同是被俘的囚徒了。这里是变相的囚牢，大概是拘留所。

我偶然想到在家中久久待我的母亲，不知道她现在的情形是怎样的。我天天瞒着她到学校，是平静地过去了，今天呢，今天到底弄出事情来了。她怨我，恨我，骂我，最终免不了哭。她一定派人寻找我，可惜我在街上并未遇到熟人，这被拘消息是不会传出去的。但我究竟算是犯了什么罪，撕布告么？——一个中国

9

人因气愤不平而撕坏日本兵出的布告,中国巡警就不该表些同情么?……

把我们带到这里来又是什么意思?要审判也该快些才对!现在,就这样把我们放到这里就算了?

"静真,"×校长唤我说,"你不要害怕,终会出去的。"

"怕什么,我什么也不怕,我只知能够怎样尽我一点力量反抗侵入的暴力,但我……"我有些不胜哀怜说,"我只恨我的力量太小了。"我看慕遐,她正倚着墙壁在沉想些什么事情。

"不过,"校长说,"唯其我们抱着扶助人类救拔中国的决心,我们才应当注意自己的行动,单凭一时气愤,那是不成功的。你们终于是太年轻了,不知道提防自己,须知道一项是顶重要的,我们的官长,不是腐败的就是妥协的,几十年来只知拼命剥削我们平民的骨血,他们不知道怎样治国,更谈不到怎样设计防范国家治安与大众福利的问题了。现在,我们的地方,被暴力占有多日了,你们想能够和平地再收回自己掌握么?不能够,绝对不是容易办到的。一向我们的民众只知酣睡,只知忍受上官的宰治,是我们自己不要强,所以他们任意厉制我们,是我们太不振作的缘故,所以才有帝国主义恶势力的侵入。到如今,且莫再骂那些贪官污吏的腐败,只骂我们自己一向太放弃我们的权利与义务好了。那么,事情就这样了么?不,现在正该急急奋起,用我们大众的力量,对内消除腐败的军阀与统治阶级,对外打倒吃人的帝国主义!唯有如此,才能恢复个人的自由、大众的安全。但这些事情要谁来做呢,要我们来做!要我们来做!我们要各处奔走,各处工作,唤起民众,一致向恶势力进攻,才能够成功。我们的责任很大,所以,我们要好生保护自己的生命,同时,还要尽力工作!"

×校长的话,我一直听到完也不觉厌倦,他讲得实在切实,和我们张先生讲过的话,立意很相同。可是,我平常没有看到他这样激烈过,我以为他不过说说罢了,所以问他说:

"那么,你为什么不做呢?"

"我还要告诉你们么。"

我明白了,现在我才认清了我们的校长是一个好校长。这时的时间不早了,脸上只剩有一线的阳光,慕遐喊起饿来。老实说,要不是×校长讲话使我出神,我也早就饿了。真的我们事实上是做了囚徒。

"就这样把我们放下了?"慕遐说。

"还是等等,自然会发落我们的。"校长劝慰着。

校长有只手表,六点钟时,我们被传进另外一个屋子里去,仍然是一个小屋子,但里面有亮亮的电灯,屋里设置我一看就料到是审判我们的地方。

带我们进屋来的警察,看到审判人与仆役都没有来,要我们暂时随便坐一会。他不住看我和慕遐,我两个都转过身去。他出去了,我们仍然被关起来。

"真是岂有此理!"慕遐有些不平。

"不要性急,还是要耐心等着。"校长说。

因为是在夜里了,比较安静些,所以从远方传来的马蹄奔跑声,被我们真切地听到了。声音愈来愈近,愈近愈杂乱。我站在一只椅子上爬到窗口向外看,正好这间屋子紧靠通天街,我看见一群日本兵骑着马跑了过去,虽在夜间,仍然可以看到飞起些灰尘。街上没有行人,死气沉沉的。

我退回身,说:"×校长,慕遐,又过去一队骑马的日本兵。"

"能回家后我立刻练习放手枪,练好了先打死贪官污吏,然后见到日本兵就放。"慕遐说。

"这样你就错了。……"

"为什么?"我截住×校长的话问。

"无论什么事情,非得有整个计划不行,不然,只有自己找苦吃。"

"到这时候还怕苦么?"

"这又说到值得与否的问题上了,假如你愿意对一件事情不惜牺牲性命,我问你们,你们是愿意在有计划的情形之下被难呢,还是凭个人一时气愤就送了个人的一生?现在,无论做什么事,一定需要团结的力量,单靠少数人是不成功的。有团结的力量,再定出妥善的计划,这样来做出的事情才不至于失败。杀死几个贪官污吏就能救国么?纵然把当今一些官吏全部杀死,会很快地另有一批新官僚产生,杀死几个日本兵,还会多添来几个,这种办法是不完善的。一定要从根本做起,把国内恶势力推翻,把国外帝国主义攻破,但这是一件困难的工作,所以需要的是群众联合的奋斗,而不是个人单独的牺牲!"

"怨中国人个个都麻木!"

"从前麻木,是统治者实施的政策,他们愿意平民们都是麻木的,因为麻木的结果,可以使民众不反抗他们,他们可以平稳地吸食民众们的骨肉,剥夺民众们的血汗,这是他们的成功。现在,不是怪群众麻木的时候,而是领导群众的时候,倘若群众仍然麻木,那就是我们不努力的缘故了。"

"是这样?我们哪想到这种地方!"

"这是怪不得你们的。"

门开了,一个厨子模样的人端进来些饭食,我们的谈话停止了。他把方盘放在唯一的小桌上,又关上门走去了。我不是在一进屋就以为是个审判屋子么,那是因为一个小桌伴着三只椅子的陈设,使我想到法庭的缘故,可是我觉得是想错了,——一个公安局的审案地方绝对不会这样小这样简陋的。我们一齐站起来,把方盘里的东西搁到桌子上,是一碟咸萝卜菜,切成些碎块。半三盆高粱米饭,三双筷子,三只破边碗,这就是我们的晚饭与晚饭用具了。感谢他们还给我们送来些饱腹东西,不管它好坏,总算是不至于挨饿了,于是我们坐下来添饭吃。

我可以说,我们是从来没有吃过这样菜饭,用过这样碗筷的,因之有些禁不住笑,慕遐也笑。校长说:

"笑什么?"

我们的笑无理由,所以答不出。

"我知道的,"校长老练似的说,"这样的饭,世界上不知有多少人吃不到呢。"

我们不笑了,感到多么的惭愧。

到这时,我把被拘禁的事完全置诸脑后了,×校长说出的话句句是铁,字字成钢,不由我想到能多和他在一处才好。我们的饭食,是坏透了的,可是这一餐是很有味道的,是永久值人不忘的。

我们吃得很快,有时筷头在咸菜碟撞在一起,就相视地笑了,这样吃法我想到和一群猪就食时很相像。

饭、菜全被我们吃光了,自己还不能判定吃饱了没有。我们低头坐着,不讲话。

七点多钟了。

不说话，屋里很沉静，我乱想起来了，又想到家，家里的母亲，弟弟和妹妹，是怎样焦急地待我归去呀。张先生，也不知道她怎样了，不幸要被日本兵搜去了，那可怎么办呢。不知她藏到什么地方去。日本兵各处行凶，为什么中国兵放他们进来？"真！……"我的手不知觉地拍了桌子一下，响声把屋内惊破了。

"你真是疯了？"慕遐睁大两眼问。

"安定些罢。"校长说这句话，含有无穷的难言的隐痛。

可是真安定了，谁也不说话，我们的呼吸，有节奏地喘着。维杂着我们左右的是无声色无味道的空气。屋外动作，没有什么声音可以听得到。若是停止下手表的轮转与个人的呼吸，我相信我们是死城下的三个遗骸。我一向没有遭受到这样的情景，到这时，觉得惨淡极了。个人都在想一种心事，个人都不停止地想，想些什么呢？想怎样救助自己……

我抬头看白灰刷成的棚顶，全部是残缺不全的了，有些地方添了些大小不一的斑纹，有的地方剥落了一大块粉皮，露出一大块黑泥。在顶角上，挂些满浮灰尘的蛛网，甚至有些拖长下来，偶尔一个苍蝇撞在网上，一面挣扎一面叫喊，于是，在它的挣扎叫喊中，从网上落下些灰尘。过些时，不外因为它疲倦了，不挣扎了，也不叫喊了，心服口服地做了俘虏。屋里墙壁上，白灰也多腐蚀了，看来有些衰老不堪的样子，在十六支光电灯下，我看到了这些样东西。那电灯，从灯线到灯罩，甚而是灯泡，都挂了些灰尘与灰网。这屋子……

哪一个人不厌烦苍蝇，尤其在夏天它们一群群出没时，谁都设法杀死它们，可是在这个惨淡的小屋子里，我对于那个被难的苍蝇完全表示出同情了。它自从投到蜘蛛网上之后，挣脱不得，它的生命预期着快要完结了。当那从泥痕中爬出的凶恶的蜘蛛渐渐向它奔去，得意忘形地目傲一切，它是何等的残忍！可怜的苍蝇，眼看它就要被敌人吞食了，这是多么好的一个比喻，——前后相比，正好比作我们全城住民与侵入的日本帝国主义的暴力！我们今后的生存，正与那被难的苍蝇具有同样的危机，我们的灭亡就在眼前就快实现了。不好！那凶暴的东西更来近了，我站起身拿起盆中的饭勺子向它尽力抛过去，我的手帮助我成功，我把那凶恶的东西打落地了，立时跑过去用力一脚踏死它。饭勺子落到地上，校长和慕遐两个都愣了，我再看那蜘蛛网，打成一个窟窿，那苍蝇挣扎着飞去了。这事情却引起他们两个的猜疑，一同向我问：

"什么事？"

"做了一场梦。"

"你可真真确确要发疯了。"慕遐又说这句话。

"中国被压迫民众解放万岁！"我尽力喊了一声。慕遐按住我的嘴，扶我坐在椅子上。"不准喊了！"她嘱咐我，然后又重新坐上她的座位。

"你要忍耐！"校长向我说，"我说的话你全没有听么？切不要轻举妄动！"

真的，我又觉得惭愧了。这时候，门开后，厨子进来收拾碗筷。

"我问你，"校长向厨子说，"你在这里几年了？"

"多了，今年头有七年了，没办法，混碗饭吃就是了。"

"你是××人么？"

"不错，……"

"我们是同乡呢。"

听到这句话,那厨子突然变成亲切关心的样子说:

"你们怎犯到他们的手了?"

"也没有犯,是他们诬害。"校长把事情经过简略地告诉他些。我觉得校长和他谈话有些无聊,很不愿听,甚且有些厌烦。

"唉!日本兵进来之后,把他们官府人都神气起来了,一个巡警随便捉人领赏,一个区长随便借判案发财,局长更不用说了。日本人用中国钱用中国人捉中国人,说他们坏话的都可以捉,啊,我告诉你们一件事,"他关好门小声说,"今天正午,捉到一个姓张的女教员……"

"什么?"我突然打断话头问。姓张的女教员,那一定是我们张先生。

"听我讲!"他看一眼我说,"捉来一个女教员,姓张,人很年轻,长得人才很好,听说她做什么下层活动,反抗日本兵,想把日本兵打出去。最近东关日本火锯,洋火公司工人罢工,有人说也是她干的,她怎么做的,我有些不信,还有呢,吉敦路农民暴动,打死些日本兵,也有人说是她干的,真是这样,她的能力可真不小了。并且,过些日子城里的工人们等到城外农民攻进来时,就里外夹攻打日本人和中国贪官,他们已经有头绪了,不知怎回事;一个中国警察把她捉住了,那时她装扮成一个拾木柴的人,因为有人认识她,她自己承认了。局长亲审,又听说局长看上她,要娶她做小老婆,她不干,到后来又因为日本司令官逼得紧,判好在五点钟枪毙……"

"枪毙了?张先生!"我痛心地叫了一声。

"不要忙,我还没有说完呢,判了枪毙她,她也不怕,还把局长骂了好一阵,不住喊打倒日本帝国主义……五点钟时候,来了两个日本兵监斩,把她推上马车,一队保安队押车,就向九龙口去了……"

"张先生!张先生!……"九龙口就是她的刑场地呀!

"谁想到,"他继续说,"车赶出北极门,天已经黑了,刚走不远,砰砰两枪,两个日本兵被打死了,拥上一群人,保安队都吓跑了,女的逃脱了……"

"天,天,天保佑!"我听到这地方,乐得发狂了。

"事情怎么办呢?"校长问。

"日本兵家家户户搜查,到现在也没有搜到。局长挨日本司令官两个嘴巴。你们延到这样晚不审问,就是因为没有空。这事情发生之后,城里更紧了。听说要有暴动来了,日本兵已经打电报到长春去调兵了。城里保不定有一场血战,我也想不干了,就是怕不让出城。"他停一下,缓口气,"不知道是同乡,慢待了,可不要见怪。"

"哪里话,谢谢你费心。"校长答。

话说到这里,似乎没有可说的了,他要走了,一找饭勺子,在地上,他有些不明白,笑着说:

"怎么弄到这地方?"说完,他捡起来。他并不需要一句答语,说一声"明天见",就走了。

"校长,"到这时我忍不住说,"一定是我们的张先生。"

"一定是!"慕遐说。

"逃出来总是幸事。"

"不会被搜到么?"

"她是一个'活'人呢。"校长说。不错,一个"活"人不会轻易被搜到的,并且还要再接再厉地去工作。

……

我们沉默着。

……

……

十点半钟时候,我们都有些恍惚睡去了,被一个粗陋警察唤醒,领到一个简陋会客室内。我记得,走那一段路,我的眼睛还看不清外界呢。比起囚犯来,我们的待遇好多了,不算是审案,不过随便问询问询。我们静静地坐着,科长问到谁,就由谁自己说明。到后来,当着那个领我们来公安局的警察的面,我和慕遐把他诬害的地方讲明了,以后,科长说警察为了他的职守,不能不这样做,日本军出的布告声明有撕毁的就严加重办,不能当场捉到人证,就以警察是问,所以警察是不得已的。末后,由校长转衷结果,是立下一个保证书,里面说如果日本人不究则已,如追究仍以原人是问,算是彼此了事。

"真滑稽透了!"我当时想,但我不能说,我急于想脱出牢笼。十一点半钟,我们在徒手警察护送之下(不然日本兵不许通过的),各自回到自己的家中。

"你可吓死我了。"母亲见到我第一句说,"你到哪里去了?"

"到凤钗家去来的。"我答她,虽然,我愈发明白张先生和×校长讲给我们的话,愈觉得关在家里的可怜,所以在第二天早晨,我仍然乘着母亲不备跑出门,我预备好了去着手实行我的新工作。

　　　　　　　廿年秋日军进占吉林后十三日写毕于吴淞
　　　　　　　廿年冬十二月十日改稿于吴淞

驿路上

李辉英

【关于作品】

《驿路上》1934年发表于《大公报·文艺副刊》，后收入林徽因主编的《大公报文艺丛刊小说选》，1936年由上海大公报馆出版。

小说写的是东北沦陷以后，住在驿路边上的乡民"王老头"一家，变卖了老太太最后一点嫁妆开办茶棚，憧憬着向过路的行人卖一点茶水和瓜果吃食以维持生计的故事。作品的情节很简单，就发生在一天里：六十多岁的"王老头"和老伴在炎热的太阳底下竖棚杆、缝棚布、搭凉棚，老两口一边辛苦地干活，一边有一搭没一搭地唠着家常，主要通过人物对话和内心活动来交代背景、推动叙事。老人做了一辈子长工，年轻时能"背四斗的袋子上仓下仓"，现在年纪大了做不动了，和老伴靠儿子给人继续当长工过生活。这些年兵荒马乱，日本兵来了，胡子也多了，一家三口终年不息地劳作，但还是"陷在穷困中总是挣扎不出"。老伴把从娘家带来的一副银镯子卖了，老两口开了一个茶棚，他们满以为

"一定可以赚钱的",却"少有顾客来光顾"。想着七月大热天,行人不愿意到屋里喝滚热的茶,又让儿子预支工钱买了白布,在屋外搭建凉棚,赊来了甜瓜,打算再卖点小米稀饭、麻花、糖果一类的吃食。老两口费尽力气搭好凉棚,一遍遍地设想客人来了,一遍遍地练习怎么打招呼、怎么揽生意,还误把做工回来的儿子当成了客人。一天下来,大部分路过的人都很少舍得花钱喝口茶或吃个瓜。天黑了,给旅客预备的一盆小米水饭,做了他们自己的晚餐。小说到此结束。

与早期作品直接犀利地书写故土沦丧、反抗侵略的主题不同,这篇小说以俭省的笔墨冷静地呈现了一户普通农家在东北沦陷后勉力挣扎、日渐困顿的生活。作家将沉痛地批判转化为日常的细节:战火蔓延,兵荒马乱,老两口大半辈子积攒的一点家业被搜刮得一干二净,几口猪、几只鸡早被杀光了,他们的"两间小茅草房"也随时可能会"化成一片烟灰"。朝不保夕,生活日甚一日地艰难。就形式而言,这篇经沈从文编发在《大公报·文艺副刊》的作品,风格上有一些"京派"的特点,没有跌宕的情节,没有紧张的冲突,也没有激烈的控诉或反抗,小说以极诚恳克制的文字,平实地写出了侵略战争对人们日常生活的破坏。一家人想尽一切办法,不过是为了吃口饱饭挣扎着活下去。然而,这样微小的愿望,却在一次次努力后又一次次破灭。这部作品独具匠心的魅力正在于此:无事的悲剧,写尽凡人的哀戚。

费了好半天工夫,出了一身热汗,才算是掘好了土坑,把棚杆埋上了。王老头累了,累得上气不接下气地喘了一阵子,骨痛腰酸，身上怪不好受的。

"是老了。"

自言自语的他感到自己的体力已衰弱了，想一想三十多年前做长工下庄稼地时，背四斗的袋子上仓下仓，走十多级梯子，像玩着似的，那时力气的充足，比起现在，前后当真是两个人！是的，那时他是二十多岁的小伙子，人家叫他王老大，现在是六十多岁的王老头了。

天气太热了，在一个老头儿是不容许劳动的，顶好坐在树荫下扇着扇子打瞌睡；然而他没有那种福分，为了生活，他是顾不得寒冷与酷热的。

到井台上打了一桶水，他就把腰里的面巾解下来，放在水里浸着，过一会，又拿出来，不停手地在脸上擦了一阵，然后擦胳膊、身子，擦下了一身汗垢。

精神就像增旺了一些，使得他有余暇在放下水桶之后，顺便把目光溜在左近一带的地方，浏览着，端详着。

这里是一个地势不恶的地方。北面，绵延着一条矮岭，像一幅屏障似的。西南边蹿出一条小河，弯曲地奔流到东边去，河的两岸密生着低矮的林木。河水和矮岭之间的平地，是一片广大的田场；土地肥沃，每年都产出不少的粮食；只是没有王老头一点的份儿。随后，他的目光落到他的家屋上，二十多年久历风霜，抵御过雨淋雪压的两间茅草房。现在是有些倾斜了，要不是四边支着木柱，也许早已坍塌了。房上的茅草，有新的也有旧的，是儿子在春天增补的。房前边，这时候新添出来他埋好的棚杆，过些时那白棚就会搭上了。棚前面是一条驿路，沿着河的北岸，东西展长着，展长到远处的天边去。

每天总有些过路的人，背着包袱或是空着手走过他的门前，人人都为天气热得懒洋洋的，走得那样慢，仿佛两条腿有千斤重似的。

几年来，一年不如一年，他们的日子陷在穷困中总是挣扎不出。凭他们想过了多少法子，希冀在生活上得到一些儿满足，到后总像浮云似的飘过生活的记忆去。一直到最近，老两口子才想出这条救济生活的办法来，要开一个小小的茶棚，兜揽来往行人的生意。

"一定可以赚钱的。"

一起初，王老头就斩钉截铁地下着这样的断语，似乎他从历年的生活里面，已经得到一个正确的结论了。做生意，总是可以赚钱的。尤其是他们老两口子来看顾一个茶棚，可以说再合适没有的。别的笨重的工作，他们是没有气力担当的了。

老伴本来不赞成他的意见，但是也说不出反对的道理来，过后还是依从了他，把她从娘家带来的一副银镯子拿到镇上变卖了几块钱来做资本。

"就只有这点东西了。"

卖过镯子，她还硬着心肠说过这样的伤心话。这些年，她的首饰都弄净了，还亏得这样，总算换些钱来过日子，不然的话，在这两年兵荒马乱的年成，就把首饰留在家里，也难保要落在日本兵，或是当地土匪的手里去。他们如今换钱做资本的这副银镯子，要不是她经心经意地埋在炕洞子里，也绝不会保全到现在。可是只要这一回做买卖能有个小小的前途，那她是不会为这最后的财富惋惜悲叹的。她倒愿意从这上面获到一点利钱，可以补偿她这些年的损失。

开茶棚做了好些日子的生意,却少有顾客来光顾。在墙壁上贴了些红条子,写了些勾引旅客的字儿,也终是没有什么效果。

"七月的大热天,谁高兴到屋子里来坐呢?谁高兴喝滚热的茶水呢?"

有一天,王老头居然猜透了生意清淡的原因,后来就计划搭这个布棚,决定不卖水,热天走路的人都是愿意吃些凉东西的。他们就要改卖甜瓜、小米稀饭、麻花、蜜果一类的零食了。王老头心里想,如果这样来生意还没有起色,那就只能说是天命使然了。

这样呆呆地站一会子工夫,王老头的身上就悄悄地冒出汗珠来。老公鸡恰在这时一连叫了好几声,突破了沉热的空气。时候到了正午,王老头想起来,他该到茅屋里看看老伴把棚布缝到什么样子,就忘去了身上的沉热,顺便把面巾盖在脑袋上遮着太阳,大步走回茅屋里。

屋子里和他岁数差不多的老伴,这时候已经把白棚布缝好了,看他走进屋子里,就开口说:

"搭罢,布缝好了。"

她的脸上,皱纹中藏着粒粒的汗珠;她也是累了,可是她一声怨言都没有说,倒是赔着笑脸反说道:

"搭上棚,这回该有买卖了。"

说着,才伸手把脸上的汗抹了一抹。

屋子里虽然并没有透进多少阳光,但比外面还要热得多,幸亏南北窗是对着的,都敞开在那里,过窗风有时吹进一阵两阵,闷热的空气,才觉着好受些。

把棚布拿到手里,王老头横算竖量,打量着套上去能不能合适,——这一大块白布,又费去了他们两块多钱。

23

过些时，他们的儿子就要回家了，他是给人家雇去铲地做大工的。两块钱的布钱，正是他从东家那里透支来的。等他回家，还好有几块工钱带来，好预备买些甜瓜，因为现在只缺甜瓜，其余的东西都已备齐了。

　　"那就快搭罢。"

　　说着话，望一望老伴的脸，王老头征求着她的意见，也可以说是下着命令。然后又说：

　　"搭完就完事了，趁天早还不兜几个客人。"

　　这时候，她像记起了一件事情，便突然问道：

　　"那么你把棚杆都安插好了没有？"

　　"就等你了。"

　　"呵——"

　　呵那么一下，也不再说什么，就往屋外走去，于是两口子又在太阳底下开始消耗老力了。

　　天真是热，仿佛特意向他们两个老年人示威似的，尽管放散着灼灼的热气，热得两口子出了几身大汗，连短裤褂都湿得粘在肉皮子上，呼呼地气喘了大半天，才得把棚布搭上一半。

　　"歇歇罢。"

　　实在累得不能支持了，王老头觉得再也不能继续工作，才有这个提议。老伴却是一肚子的刚强。依她的性子恨不得一口气上完了棚布才好。不过终究支持不住了，到后仍不得不听从他的话，歇下了手脚。

　　"歇歇就歇歇罢。"

　　答应着王老头的话，然后又像不信任似的说：

　　"老了，不行了；怎么老了不能做事了呢？"

王老头没有答言，懒懒地走到井台那里去打水，再用面巾沾着井水擦那满脸满身的汗水，然后，把湿过的面巾又带回给他的老伴用了。

"怎么就这样热呢？年头一年比一年荒乱，天气也像一年比一年热，咱年青时哪是这样！"

她一边擦着汗，一边不胜今昔地说着愤慨话。

"别提从前了，从前咱们还没有这样穷呢，从前还没有胡子呢，从前也没有日本兵呀！"

他这么说完，就陪着老伴一齐坐在搭好的半面棚布下乘着荫，躲避着天上火的太阳，人显得又懒散又疲倦。

没有风刮，河边的树林倒垂着枝叶一动不动，狗闭着眼睛在打盹，鸭子也只知道长时间把身子浸在河水里，懒得叫上一叫，闷热，沉静，占有了这附近一带的地方。

这么热的天气，不知止住了多少行路人的腿。路人们，不知是天热或是还有别的缘故，让王老头来比较比较，的确一年比一年少下去了。那应该埋怨火车，火车道没有修成的时候，这条大驿路哪一天也不缺乏车辆与过客；现在的大驿路，变成冷清的僻路了，比以前不知差了多少倍。要不然就是年头荒乱裹住了行人的腿，就以他开的这个买卖来论，今天是开着，营业着，但说到明天能否再继续营业，那就没有人敢下断言了；胡子，日本兵，脚步一踏上地面，什么都会变了样，两间小茅草房，只要这些人里面有人高兴擦亮一根火柴，一会子工夫就化成一片烟灰。

这时候，老两口子擦着火柴点起烟袋，抽起来旱烟。这在他们还算得上是一件可人的事情。烟可以解闷，可以解忧，还可以混过去冗长难忍的时间。可以说，在抽烟时，人可以忘记周遭的一切困苦与快乐。

从那袅袅的烟雾中，还可以使人们进入一个新鲜的境界，可以使人获得意想的但又是属于空虚的暂时满足。同时，它也还可以引人沉入旧日的纷乱回忆里。

太阳歪了头，眼睛躲过棚布斜到王老头两口子坐着的地方，热气跟着就奔了过来。不耐烦的王老头把身子往旁边移动移动，后来索性就站起身子催促着老伴说：

"行了，把那半面搭完罢，歇着也还是免不了热。"

两个人收好了烟袋，老伴先他站起身子，紧跟着，一个冒汗的搭棚工作又开始了。

人老了，手脚有时就不能像年青时那样如意地运用，王老头在这事件上，总好抱怨老伴手脚眼色的钝拙和不济事。因此，有时就发着一个老头子的脾气，但又并不显得怎样的严重，他会说：

"怎么，那块地方没有搭好你看不见么？"

或是这么说：

"你真是不中用。"

老伴的好脾气，见过的人没有不知道的，在年青时，他有时因为喝醉了酒或是赌输了钱，向她发泄凶焰打她嘴巴的时候，她除了逃避之外，回骂一句的事情都没有过，自然更谈不到抵抗发作。到现在人老了，性子更好了，他尽管发些零碎的脾气，总是激不起她的气愤。她不理会他，还是不停手地做着。

可有一宗，丈夫虐待她，她可以容忍，不说一句反抗的话，生活的困迫却使她大大地发过脾气。这几年，日子一年不如一年，惹得她有一次曾经愤愤地说过这样的话：

"这是怎么一回事呢，穷人老该受穷么？就不能翻翻身么？就过不到好日子了?"

还有一回她曾经暗暗地哭了半夜,生气命运为什么不肯帮他们的忙把日子过得像样一点。

不论天气怎样的热,棚布终于在他们两个人的手中搭好了,歇下手时,不约而同地全叹了一口气,这里面,含有无限的容忍、激愤和悲伤的成分。好在这总算做完了一件工作,内心里就像放下了一副重担,觉着松了不少。

太阳斜过棚顶的西边去了,老两口子坐在棚子下躲着太阳,不住用手抹着脸上的汗珠。面对面的两个人注视着好一会子,仿佛有什么话该说出口外,但是谁都不肯轻易开口。闷着,休息着。

这大幅棚顶布,是活动的,靠着两枝活动的棚杆,可以展开布面,又可以收缩在一堆。早上,晚上,只消把两枝棚杆挪动挪动,棚顶就可以搭出或是卸除了。现在,棚顶既然搭好,就只缺少棚下的桌凳一类东西了。

头顶上有棚布替遮着火热的太阳,棚的四外都敞着,等着凉风从各方面吹进来,再吹出去,坐在棚下吃瓜的人,那是再凉爽再享福没有的了。比一比棚后面的茅草房子里,相差的真是两个天地。旅客一经看到这白色的棚,从远处就会打定主意歇歇腿,既经坐在凳子上,歇腿之外还可以接受到一点凉风,透透胸中的热气,先就有三分喜气添上来,那他会不自主地就要吃上一些东西的。

"搬桌子去罢。"

胡乱想了一阵子,再看一看天气还早得很,王老头决意做一会买卖,就这样跟老伴说,老伴听从他意思跟在他的身后,走回茅草房子里去。

堂屋里放着的长条桌,就是他们要搬的桌子,可是这东西又大又长，自然有它相当的重量的，所以是两个人一人搬着一端，使了半天的力气，谁也没有搬离开地面一点点的位置。汗珠子倒像一阵小雨似的又湿遍了全身了。

搬不动呢。

"这笨东西！"

王老头上了火气，索性就把两手松开了，再跟老伴说：

"先拿板凳罢。"

看来这只长条桌只有等儿子回来才能搬出去；儿子原说晌午就可以回来，这多时候连影子都看不到，王老头一面往外搬着板凳走着，一面就恨起年青人办起事来太少把握，做的事情和说的话难能是一致的。年青人把些宝贵的工夫随随便便就耽误了。但随后他倒怜惜起他的儿子，他想到儿子在大热的天头下铲地、奔走，那比他苦多了。

等他们两个人把凳子搬完之后，就一同把身子坐在凳子上休息着，他们要吹吹凉风，好出一出胸中闷气和身上的热汗。另外，还为的要望一望将要回来的儿子。

河里面藏身的鸭子们，乱叫一阵以后，就歪歪斜斜地走上河岸，羽毛浸得怪新鲜的，懒懒的它们之中有的半闭着眼睛，走这段路像是不大情愿似的，走到两个主人的面前，它们"家家"地叫了一阵。

"喂喂去罢。"

嘱咐过老伴，眼看着鸭群跟她进院去了，王老头忽然间想起来，若是实在没有钱买货物的时候，卖去这几只鸭子，不是也能卖几个钱么。想是这么想，事实上，镇上的人，没有人在大热天来买鸭子吃，何况他还不忍心卖掉这几只动物呢。再说，这些时恐怕也没有几个人有闲钱肯买鸭子的。

这是他们一家中唯一的家畜了。去年、前年还有些鸡、猪来的，后来打了仗，义勇军、日本兵来回地追着，打着，大道旁的牲畜都被宰净了。好的吃食，像白面、粳米一点都找不到。两年来，年年夏天都是这么打着，宣统做了皇帝还是不能使天下太平，反倒多出来遍地的日本兵。算一算，日本兵占过来之后，日子委实比从前更不好过了。

西边高粱地边上，露出来一个戴草帽担担的人，"不会是一个客人？"想到这里，王老头就着急他的搬不出来的长条桌，不然，不是可以让这个过客坐坐么。

可是，他随即想到那是没有什么关系的，他想到多余的凳子暂时可以当作桌子放些东西，因此，心里也就不着急了，一面在预备兜揽客人的话。一开头，应该先说：

"歇歇罢老客。"

然后再说：

"吃点么？要凉的有水饭、黄瓜菜，香的有麻花，甜的有蜜果；价钱顶便宜。"

是的，说到这里可以留下客人的两只腿。他喊屋子里刚刚进去喂鸭子的老伴。

"快把东西拿出来！喂！"

一时间忙迫的样子，好像稍微迟延一会就会放走了这位客人似的。

但是，等老伴走了三次把东西搬完了，客人也走到棚下了，他才发现那个客人原来是自己的儿子，担子放在棚下，装满了黄皮的甜瓜。

"哼——"

王老头也不再说什么，哼了一下，只是在暗地里埋怨自己的眼色不济事。停了好半天工夫，他才说：

"瓜买来了。"

儿子穿在身上的小褂和短裤湿透了，肩膀头肩担的地方，让扁担磨破了一个洞，肉皮子托出一片红色来。他摘下草帽当扇子扇着风，头上冒出一头的热气，随后坐上一只靠近的凳子上歇着，呼呼哧哧地喘着气，停一会愤愤地说：

"这王八蛋！他硬说今年这个月里不能再支钱，说了好半天才算由他赊来一担瓜！"

他没有支来钱。

处处都是不能随心如意，听了儿子这几句话，老两口子全愣住了。

儿子又说了：

"哪里是没有钱，何歪脖还支去两块钱呢！"

望望白布棚转过话头，又说：

"棚搭好了。"

王老头看儿子累得那种样子，怜惜他不知说句什么话才好。仿佛儿子每喘一口气，就是放出他身上的一滴血。他怨恨老天爷不该把天气弄成这样热，故意和他的儿子为难。他只能急急催促着儿子说：

"去罢，到井台上洗洗脸去罢。"

儿子没有听从他的话，他看到棚下少了一张长条桌，就知道是留给他搬的主意，要先把桌子搬出来再去洗脸，因为这样来可以不耽误买卖。父亲依从了，不一会三个人就把长条桌抬到棚子里。

做母亲的随后就收拾东西，抹擦桌面，把板凳都安置好，偷空望望儿子在井台上洗脸的动作。王老头在拣选甜瓜的个头，把它们分出等级预备标明价钱。

这时候有几个旅客向东走去，过棚前时，王老头竭诚地招待着，往棚里让座，可是，全被拒绝了，客人只知道说"这棚子可不坏"，却没有人肯破费时间坐上一坐，要他们花费一些钱，看来更是难事了。他们还那么说：

"趁时候还早，打算多赶几里路。"

这情形，使回到棚子里的儿子也叹了一口气。买卖如果照这样继续下去，那还能行么，赶上这荒乱年头，本来旅客就很少有，他们再不肯花费一点点钱，看来靠旅客身上赚钱的事情，怕不能像他们想象的那样容易了。

父亲、母亲、儿子三个人坐在棚子里等待着客人的光临，一直到太阳压上远山的顶尖，还是没有让他们留下一个满意的主顾。有几个路人曾经买几个甜瓜，但每次都是争持了好多的工夫。

"看明天怎样罢。"

"明天也许会好一些。"

"明天一定差不多的。"

父亲说完话，对着眼前的黄昏有些迷惘了。

母亲、儿子先后说着自慰的话，收束了棚里的东西，明天究竟怎样，谁也断不定，但是，明天却能给他们一些希望，——一种空虚的不着边际的慰藉。

黑天时，他们收束完了棚里的东西，棚布卷在两枝棚杆里，让儿子扛进堂屋内。白天做好的一盆小米水饭，本来是预备给旅客吃的，这一来就作了他们自己的晚饭。

牛车上

萧红

【关于作家】

萧红（1911—1942），原名张迺莹，笔名悄吟、萧红，生于黑龙江省哈尔滨市呼兰县（现哈尔滨市呼兰区）。萧红幼年丧母，父亲的严厉和冷落让她形成了敏感又倔强的性格。1920年，在祖父的支持下，进入新式小学读书。1927年考到哈尔滨市东省特别区区立第一女子中学，就读期间阅读了大量新文学作品。1931年，萧红与家庭彻底断绝了关系，再也没有回去。1932年，在困境中结识萧军，开始尝试文学创作。1933年，两人联合出版作品集《跋涉》。1934年到上海，中篇小说《生死场》作为"奴隶丛书"之一问世，署名萧红。1934年至1936年间，陆续出版散文集《商市街》、小说散文集《桥》、小说集《牛车上》。抗战期间，辗转武汉、临汾、重庆等地，著有短篇集《旷野的呼喊》。1940年去香港，相继完成《马伯乐》《呼兰河传》等作品。1942年，病逝于香港。

【关于作品】

《牛车上》1936年发表于《文学季刊》第1卷第5期，后收入短篇小说集《牛车上》，1937年由上海文化生活出版社出版。这是一篇诗一样的小说，结构精巧，语言朴素，字里行间蛰伏着沉郁忧伤的情绪。

小说借五云嫂之口来还原当时的情形：五云嫂的丈夫姜五云领头做逃兵被就地正法了，她甚至没有见上最后一面；一个白了胡子的老人因为儿子和侄子都被抓了，他带着两件干净衣服来给他们送行；一个年轻的媳妇看着刚当兵3个月就要被枪毙的丈夫，发疯似的哭喊……民国十年，就是1921年，这些人为什么要一起做逃兵，五云嫂不知道，小说也不做交代。作品着力呈现给我们的，就是每一个失去亲人的逃兵家庭锥心的伤痛和哀哀的哭声。亲人死了，活着的人还得挣扎着活下去。五云嫂一个人带着儿子种田做工勉强度日，现在孩子大一些已经做了城里豆腐房的学徒。也许是五云嫂的这些话触动了车夫，他接口说，其实他也是逃兵，也有等在家里的妻小，但逃回来好几年，没有挣到几个钱，没脸回家。这是一个绝妙的设计，一下子两个家庭成了互为反转的镜像：等着盼着苦着受着艰难活着的五云嫂仿佛就是那个未曾出场的妻，而颠沛在外、死里逃生的车夫好像就是那个被诉说、被牵挂的"姜五云"。或者说，他们两家的故事，也是很多家庭的故事。小说结尾，牛车在暗沉沉的傍晚继续走着，雾起来了，车夫说"三月里的大雾……不是兵灾，就是荒年……"。无论是兵灾还是荒年，无论是为信仰还是为生活所迫，总有人流离异乡，有人守着家园，这永恒的文学情境，让人备感温暖又无比忧伤。

就形式而言，《牛车上》的别出心裁之处，首先是作家选择了一个独特的小说空间——牛车上，所有的内容都集中在牛车上三个人的闲话中完成，可以说，这个空间的局限也恰恰促成了作品精心锤炼细节的优点。又是一辆缓慢行进的牛车，从乡村到城市，路过一座小桥、一条小溪、一块金花菜地、一片青青的麦田，看到一口水井、一堆羊群、一个放羊的孩子在吹着柳条做的叫子，作家都要停下来，哪怕是刹那的勾留盘桓，看似不动声色的描写中寄托了无言的乡愁。再者是，小说刻意设定了"我"——一个天真烂漫的小姑娘，作为视角人物。第一重叙述空间的风景、第二重叙事五云嫂和车夫的对话，都是借助"我"的眼睛、"我"的耳朵表达出来。尤其是第二重叙事，因为"我"不谙世事，也不太关心两个大人在说什么，所以常常听着听着就睡着了，这使得通过"我"这个视角得到的信息时断时续，留下了很多其实是作家刻意为之的空白。而作品采用的只呈现所见所听、不解释也不介入的方式，为读者深入理解其意蕴内涵敞开了更大的空间。

  金花菜在三月的末梢就开遍了溪边。我们的车子在朝阳里轧着山下的红绿颜色的小草，走出了外祖父的村梢。

  车夫是远族上的舅父，他打着鞭子，但那不是打在牛的背上，只是鞭梢在空中绕来绕去。

  "想睡了吗？车刚走出村子呢！喝点梅子汤吧！等过了前面的那道溪水再睡。"外祖父家的女佣人，是到城里去看她的儿子的。

  "什么溪水，刚才不是过的吗？"从外祖父家带回来的黄猫也好像要在我的膝头上睡觉了。

  "后塘溪。"她说。

  "什么后塘溪？"我并没有注意她，因为外祖父家留在我们的后面，什么也看不见了，只有村梢上庙堂前的红旗杆还露着两个金顶。

"喝一碗梅子汤吧,提一提精神。"她已经端了一杯深黄色的梅子汤在手里,一边又去盖着瓶口。

"我不提,提什么精神,你自己提吧!"

他们都笑了起来,车夫立刻把鞭子抽响了一下。

"你这姑娘……顽皮,巧舌头……我……我……"他从车辕转过身来,伸手要抓我的头发。

我缩着肩头跑到车尾上去。村里的孩子没有不怕他的,说他当过兵,说他捏人的耳朵也很痛。

五云嫂下车去给我采了这样的花,又采了那样的花,旷野上的风吹得更强些,所以她的头巾好像是在飘着。因为乡村留给我尚没有忘却的记忆,我时时把她的头巾看成乌鸦或是鹊雀。她几乎是跳着,几乎和孩子一样。回到车上,她就唱着各种花朵的名字,我从来没看到过她像这样放肆一般地欢喜。

车夫也在前面哼着低粗的声音,但那分不清是什么词句。那短小的烟管顺着风时时送着烟氛。我们的路途刚一开始,希望和期待都还离得很远。

我终于睡了,不知是过了后塘溪,是什么地方,我醒过一次,模模糊糊的好像那管鸭的孩子仍和我打着招呼,也看到了坐在牛背上的小根和我告别的情景……也好像外祖父拉住我的手又在说:"回家告诉你爷爷,秋凉的时候让他来乡下走走……你就说你姥爷腌的鹌鹑和顶好的高粱酒等着他来一块喝呢……你就说我动不了,若不然,这两年,我总也去……"

唤醒我的不是什么人,而是那空空响的车轮。我醒来,第一下看到的是那黄牛自己走在大道上,车夫并不坐在车辕上。在我寻找的时候,他被我发现在车尾上。手上的鞭子被他的烟管代替着,左手不住地在擦着下颚,他的眼睛顺着地平线望着辽阔的远方。

我寻找黄猫的时候,黄猫坐到五云嫂的膝头上去了,并且她还抚摸猫的尾巴。我看看她的蓝布头巾已经盖过了眉头,鼻子上显明的皱纹因为挂了尘土,更显明起来。

他们并没有注意到我的醒转。

"到第三年他就不来信啦!你们这当兵的人……"

我就问她:"你丈夫也是当兵的吗?"

赶车的舅舅,抓了我的辫发,把我向后拉了一下。

"那么以后……就总也没有信来?"他问她。

"你听我说呀!八月节刚过……可记不得哪一年啦,吃完了早饭,我就在门前喂猪,一边咯咯地敲着槽子,一边嗝唠嗝唠地叫着猪……哪里听得着呢?南村王家的二姑娘喊着:'五云嫂,五云嫂……'一边跑着一边喊:'我娘说,许是五云哥给你捎来的信。'真是,在我眼前的真是一封信,等我把信拿到手哇!看看……我不知为什么就止不住心酸起来……他还活着吗!他……眼泪就掉在那红签条上。我就用手去擦,一擦这红圈子就印到白的上面去。把猪食就丢在院心……进屋换了件干净衣裳。我就赶紧跑,跑到南村的学房,见了学房的先生,我一面笑着就一面流着眼泪……我说:'是外头人来的信,请先生看看……一年来的没来过一个字。'学房先生接到手里一看,就说不是我的。那信我就丢在学房里跑回来啦……猪也没有喂,鸡也没有上架,我就躺在炕上啦……好几天,我像失了魂似的。"

"从此就没有来信?"

"没有。"她打开了梅子汤的瓶口,喝了一碗,又喝一碗。

"你们这当兵的人,只说三年二载……可是回来……回来个什么呢,回来个魂灵给人看看吧……"

"什么?"车夫说,"莫不是阵亡在外吗……"

"是,就算吧!音信皆无过了一年多。"

"是阵亡?"车夫从车上跳下去,拿了鞭子,在空中抽了两下,似乎是什么爆裂的声音。

"还问什么……这当兵的人真是凶多吉少。"她褶皱的嘴唇好像撕裂了的绸片似的,显着轻浮和单薄。

车子一过黄村,太阳就开始斜了下去,青青的麦田上飞着鹊雀。

"五云哥阵亡的时候,你哭吗?"我一面捉弄着黄猫的尾巴,一面看着她。但她没有睬我,自己在整理着头巾。

等车夫颠跳着来在了车尾,扶了车栏,他一跳就坐在了车辕,在他没有抽烟之前,他的厚嘴唇好像关紧了的瓶口似的严密。

五云嫂的说话,好像落着小雨似的,我又顺着车栏睡下了。

等我再醒来,车子停在一个小村头的井口边,牛在饮着水,五云嫂也许是哭过,她陷下的眼睛高起了,并且眼角的皱纹也张开来。车夫从井口搅了一桶水提到车子旁边:

"不喝点吗?清凉清凉……"

"不喝。"她说。

"喝点吧,不喝就是用凉水洗洗脸也是好的。"他从腰带上取下手巾来,浸了浸水,"揩一揩!尘土迷了眼睛……"

当兵的人,怎么也会替人拿手巾?我感到了惊奇。我知道的当兵的人就会打仗,就会打女人,就会捏孩子们的耳朵。

37

"那年冬天,我去赶年市……我到城里去卖猪鬃,我在年市上喊着:'好硬的猪鬃来……好长的猪鬃来……'后一年,我好像把他爹忘下啦……心上也不牵挂……想想哪没有个好,这些年,人还会活着?到秋天,我也到田上去割高粱,看我这手,也吃过气力……春天就带着孩子去做长工,两个月三个月的就把家拆了。冬天又把家归拢起来。什么牛毛啦……猪毛啦……还有些收拾来的鸟雀的毛。冬天就在家里收拾,收拾干净啦呀……就选一个暖和的天气进城去卖。若有顺便进城去的车呢,把秃子也就带着……那一次没有带秃子。偏偏天气又不好,天天下清雪,年市上不怎么闹热;没有几捆猪鬃也总卖不完。一早就蹲在市上,一直蹲到太阳偏西。在十字街口,一家大买卖的墙头上贴着一张大纸,人们来来往往地在那里看,像是从一早那张纸就贴出来了!也许是晌午贴的……有的还一边看,一边念出来几句。我不懂得那一套……人们说是:'告示,告示。'可是告的什么,我也不懂那一套……'告示',倒知道是官家的事情,与我们做小民的有什么长短!可不知为什么看的人就那么多……听说么,是捉逃兵的'告示'……又听说么……又听说么……几天就要送到县城去枪毙……"

"那一年,民国十年枪毙逃兵二十多个的那回事吗?"车夫把卷起的衣袖在下意识里把它放下来,又用手扫着下颚。

"我不知道那叫什么年……反正枪毙不枪毙与我何干,反正我的猪鬃卖不完就不走运气……"她把手掌互相擦了一会,猛然,像是拍着蚊虫似的,凭空打了一下:

"有人念着逃兵的名字……我看着那穿黑马褂的人……我就说:'你再念一遍。'起先猪毛还拿在我的手上……我听到了姜五云姜五云的,好像那名字响了好几遍……我过了一些时候才想要呕吐……喉管里像有什么腥气的东西喷上来,我想咽下去……又咽不下去……眼睛冒着火苗……那些看告示的人往上挤着,我就退在了旁边,我再上前去看看,腿就不做主啦!看'告示'的人越多,我就退下来了!越退越远啦……"

她的前额和鼻头都流下汗来。

"跟了车,回到乡里,就快半夜了。一下车的时候,我才想起了猪毛……哪里还记得起猪毛……耳朵和两张木片似的啦……包头巾也许是掉在路上,也许是掉在城里……"

她把头巾掀起来,两个耳朵的下梢完全丢失了。

"看看,这是当兵的老婆……"

这回她把头巾束得更紧了一些,所以随着她的讲话那头巾的角部也起着小小的跳动。

"五云倒还活着,我就想看看他,也算夫妇一回……"

"……二月里,我就背着秃子,今天进城,明天进城……'告示'听说又贴过了几回,我不去看那玩意儿,我到衙门去问,他们说:'这里不管这事。'让我到兵营里去……我从小就怕见官……乡下孩子,没有见过。那些带刀挂枪的,我一看到就发颤……去吧!反正他们也不是见人就杀……后来常常去问,也就不怕了。反正一家三口,已经有一口拿在他们的手心里……他们告诉我,逃兵还没有送过来。我说什么时候才送过来呢?他们说:'再过一个月吧!'……等我一回到乡下就听说逃兵已从什么县城,那是什么县城?到今天我也记不住那是什么县城……就是听说送过来啦就是啦……都说若不快点去看,人可就没有了。我再背着秃子,再进城……去问问,兵营的人说:'好心急,你还要问个百

39

八十回。不知道，也许就不送过来的。'……有一天，我看着一个大官，坐着马车，叮咚叮咚的响着铃子，从营房走出来了……我把秃子放在地上，我就跑过去，正好马车是向着这边来的，我就跪下了，也不怕马蹄就踏在我的头上。

"'大老爷，我的丈夫……姜五……'我还没有说出来，就觉得肩膀上很沉重……那赶马车的把我往后面推倒了，好像跌了跤似的我爬在道边去。只看到那赶马车的也戴着兵帽子。

"我站起来，把秃子又背在背上……营房的前边，就是一条河，一个下半天都在河边上看着河水。有些钓鱼的，也有些洗衣裳的。远一点，在那河湾上，那水就深了，看着那浪头一排排地从眼前过去。不知道几百条浪头都坐着看过去了。我想把秃子放在河边上，我一跳就下去吧！留他一条小命，他一哭就会有人把他收了去。

"我拍着那小胸脯，我好像说：'秃儿，睡吧。'我还摸摸那圆圆的耳朵，那孩子的耳朵，真是长得肥满，和他爹的一模一样，一看到那孩子的耳朵，就看到他爹了。"

她为了赞美而笑了笑。

"我又拍着那小胸脯，我又说：'睡吧！秃儿。'我想起了，我还有几吊钱，也放在孩子的胸脯里吧！正在伸，伸手去放……放的时节……孩子睁开眼睛了……又加上一只风船转过河湾来，船上的孩子喊妈的声音我一听到，我就从沙滩上面……把秃子抱……抱在……怀里了……"

她用包头巾像是紧了紧她的喉咙，随着她的手，眼泪就流了下来。

"还是……还是背着他回家吧！哪怕讨饭，也是有个亲娘……

亲娘的好……"

那蓝色头巾的角部，也随着她的下颚颤抖了起来。

我们车子的前面正过着一堆羊群，放羊的孩子口里响着用柳条做成的叫子，野地在斜过去的太阳里边分不出什么是花，什么是草了，只是混混黄黄的一片。

车夫跟着车子走在旁边，把鞭梢在地上扬起着一条条的烟尘。

"……一直到五月，营房的人才说，就要来的，就要来的。"

"……五月的末梢，一只大轮船就停在了营房门前的河沿上，不知怎么这样多的人！比七月十五看河灯的人还多……"

她的那只袖子在招摇着。

"逃兵的家属，站在右边……我也站过去，走过一个戴兵帽子的人，还每人给挂了一张牌子……谁知道，我也不认识那字……"

"要搭跳板的时候，就来了一群兵队，把我们这些挂牌子的……就圈了起来……'离开河沿远点，远点……'他们用枪托把我们赶到离开那轮船有三四丈远……站在我旁边的一个白胡子的老头，他一只手下提着一个包裹，我问他：'老伯，为啥还带来这东西？'……'哼！不！……我有一个儿子和一个侄子……一人一包……回阴曹地府，不穿洁净衣裳是不上高的。'

"跳板搭起来了……一看跳板搭起来就有哭的……我是不哭，我把脚跟立得稳稳当当的，眼睛往船上看着……可是总不见出来……过了一会，一个兵官，挎着洋刀，手扶着栏杆说：'让家属们再往后退退……就要下船……'听着嗝唠一声，那些兵队又用枪把手把我们向后赶了过去，一直赶上了道旁的豆田，我们就站在豆秧上，跳板又呼隆隆地搭起了一块……走下来了，一个兵官领头……那脚镣子，哗啦哗啦的……我还记得，第一个还是个小矮个……走下来五六个啦……没有一个像秃子他爹宽宽肩膀的,是真的,很难看……两条胳臂直伸伸的……我看了半天工夫才看出手上都是带了铐子的。旁边的人越哭,我就格外更安静。我只把眼睛看着那跳板……我要问问他爹:'为啥当兵不好好当,要当逃兵……你看看,你的儿子,对得起吗?'

"二十来个,我不知道哪个是他爹,远看都是那么个样儿。一个青年的媳妇……还穿了件绿衣裳,发疯了似的,穿开了兵队抢过去了……当兵的哪肯叫她过去……就把她抓回来,她就在地上打滚,她喊:'当了兵还不到三个月呀……还不到……'两个兵队的人,就把她抬回来,那头发都披散开啦。又过了一袋烟的工夫,才把我们这些挂牌子的人带过去……越走越近了,越近也就越看不清楚哪个是秃子他爹……眼睛起了白蒙……又加上别人都呜呜喞喞的,哭得我多少也有点心慌……

"还有的嘴上抽着烟卷,还有的骂着……就是笑的也有。当兵的这种人……不怪说,当兵的不惜命……

"我看看,真是没有秃子他爹,哼!这可怪事……我一回身就把一个兵官的皮带抓住:'姜五云呢?''他是你的什么人?''是我的丈夫。'我把秃子可就放在地上啦……放在地上那不做美的就哭起来,我啪的一声,给秃子一个嘴巴……接着我就打了那兵官:'你们把人消灭到什么地方去啦?'

"'好的……好家伙……够朋友…'那些逃兵们就连起声来跺着脚喊。兵官看看这情形赶快叫当兵的把我拖开啦……他们说:'不只姜五云一个人,还有两个没有送过来,明后天,下一班船就送来……逃兵里他们三个是头目。'

"我背着孩子就离开了河沿,我就挂着牌子走下去了。我一路

牛车上

走，一路两条腿发颤。奔来看热闹的人满街满道啦……我走过了营房的背后，兵营的墙根下坐着那提着两个包裹的老头，他的包裹只剩了一个。我说：'老伯，你的儿子也没来吗？'我一问他，他就把背脊弓了起来，用手把胡子放在嘴唇上，咬着胡子就哭啦！

"他还说：'因为是头目，就当地正法了咧！'当时我还不知道这'正法'是什么……"

她再说下去，那是完全不相接连的话头。

"又过三年，秃子八岁的那年，把他送进了豆腐房……就是这样：一年我来看他两回，二年他回家一趟……回来也就是十天半月的……"

车夫离开车子，在小毛道上走着，两只手放在背后，太阳从横面把他拖成一条长影，他每走一步，那影子就分成了一个叉形。

"我也有家小……"他的话从嘴唇上流了下来似的，好像他对着旷野说的一般。

"哟！"五云嫂把头巾放松了些。

"什么！"她鼻子上的褶皱纠动了一些时候，"可是真的……兵不当啦也不回家……"

"哼！回家！就背着两条腿回家？"车夫把肥大的手揩扭着自己的鼻子笑了。

"这几年，还没多少赚几个？"

"都是想赚几个呀！才当逃兵去啦！"他把腰带更束紧了一些。

我加了一件棉衣，五云嫂披了一张毯子。

"嗯！还有三里路……这若是套的马……嗯！一颠搭就到啦！牛就不行，这牲口性子没紧没慢，上阵打仗，牛就不行……"车夫从草包取出棉袄来，那棉袄顺着风飞着草末，他就穿上了。

43

黄昏的风,却是和二月里的一样。车夫在车尾上打开了外祖父给祖父带来的酒坛。

"喝吧!半路开酒坛,穷人好赌钱……喝上两杯……"他喝了几杯之后,把胸膛就完全露在外面。他一面啃嚼着肉干,一边嘴上起着泡沫。风从他的嘴边走过时,他唇上的泡沫也宏大了一些。

我们将奔到的那座城,在一种灰色的气候里,只能够辨别那不是旷野,也不是山岗,又不是海边,又不是树林……

车子越往前进,城座看来越退越远。脸孔和手上,都有一种黏黏的感觉……再往前看,连道路也看不到尽头……

车夫收拾了酒坛,拾起了鞭子……这时候,牛角也模糊了去。

"你从出来就没回过家?家也不来信?"五云嫂的问话,车夫一定没有听到,他打着口哨,招呼着牛。后来他跳下车去,跟着牛在前面走着。

对面走过一辆空车,车辕上挂着红色的灯笼。

"大雾!"

"好大的雾!"车夫彼此招呼着。

"三月里大雾……不是兵灾,就是荒年……"

两个车子又过去了。

手

萧红

【关于作品】

《手》，1936年发表于上海《作家》创刊号，后收入作品集《桥》，同年由上海文化生活出版社出版。这篇小说是作家萧红成熟期的作品，主题鲜明，结构精巧，语言和细节都极为质朴老到，是萧红的短篇代表作之一。

《手》主要写的是家里开染坊的女孩王亚明，到城里一所女子中学读书，这个乡下来的姑娘，穿不起漂亮衣服，买不起好吃的零食，读不出大家都会的英文单词，做不出老师布置的数学题，甚至连上英文课点名喊"到"都不会，她的一举一动，连同她那双黑黢黢的手，在大家看来，都是反常、可笑、格格不入的。只有"我"因为几次接触，慢慢跟她做了朋友，也逐渐了解到她家里的一些情况：母亲生病已经过世，全家靠父亲开染缸房（染衣店）糊口。王亚明和家里的弟弟妹妹们，很小就帮着父亲干活了，她的手就是常年泡在染缸里泡黑的。一家人节衣缩食把省下来的钱供她一个人出来读书，她想好好学习，以后再教弟弟妹妹们，让他们也长见识。最后，热切地想多学一点知识的王亚明同学，

45

还是被开除了。

　　作家别出心裁地将贫富两个世界的冲突，集中在"手"这个意象上，围绕着王亚明的"黑手"大做文章，推动故事层层深入：同学们嘲笑她的"黑手"，叫她"怪物"；校长嫌弃她的"黑手"，不让她参加集体活动；为了融入学校的正常生活，她让父亲专门送来了手套，那双肥大的手套却被校长任意踩在脚下；因为那双"黑手"怎么也洗不出来，舍监和同学们说她"人肮脏手也肮脏"，不让她住在宿舍……辛苦劳作的穷人是"黑"的，衣食无忧的富人是"白"的，两个世界的巨大生活差距被巧妙地替换成了"黑"与"白"的鲜明对立。人类的悲欢并不相通，生活在锦衣玉食世界里的人们，没有人关心这个乡下姑娘的手为什么是黑的。小说结尾，"黑手"女孩走了，就像从来没有来过一样。

　　一场大雪覆盖了校园。看着王亚明和父亲远去的背影，看着无边无际的雪地，那"白"突然像"碎玻璃"一样，深深"刺痛了我的眼睛"。也许对于"我"来说，或许再也不能像从前那样把这黑白世界的一切视之如常了。

　　在我们的同学中，从来没有见过这样的手：蓝的，黑的，又好像紫的；从指甲一直变色到手腕以上。

　　她初来的几天，我们叫她"怪物"。下课以后大家在地板上跑着也总是绕着她。关于她的手，但也没有一个人去问过。

　　教师在点名，使我们越忍越忍不住了，非笑不可了。

　　"李洁！""到。"

　　"张楚芳！""到。"

"徐桂真！""到。"

迅速而有规律性地站起来一个,又坐下去一个。但每次一喊到王亚明的地方,就要费一些时间了。

"王亚明,王亚明……叫到你啦!"别的同学有时要催促她,于是她才站起来,把两只青手垂得很直,肩头落下去,面向着棚顶说:

"到,到,到。"

不管同学们怎样笑她,她一点也不感到慌乱,仍旧弄着椅子响,庄严地,似乎费掉了几分钟才坐下去。

有一天上英文课的时候,英文教师笑得把眼镜脱下来在擦着眼睛:

"你下次不要再答'黑耳'了,就答'到'吧!"

全班的同学都在笑,把地板擦得很响。

第二天的英文课,又喊到王亚明时,我们又听到了"黑耳——黑——耳"。

"你从前学过英文没有?"英文教师把眼镜移动了一下。

"不就是那英国话吗?学是学过的,是个麻子脸先生教的……铅笔叫'喷丝儿',钢笔叫'盆'。可是没学过'黑耳'。"

"here 就是'这里'的意思,你读:here! here!"

"喜儿! 喜儿。"她又读起"喜儿"来了。这样的怪读法,全课堂都笑得战栗起来。可是王亚明,她自己却安然地坐下去,青色的手开始翻转着书页,并且低声读了起来:

"华提……贼死……阿儿……"

数学课上,她读起算题来也和读文章一样:

"$2X + Y = $……$X^2 = $……"

午餐的桌上,那青色的手已经抓到了馒头,她还想着"地理"课本:"墨西哥产白银……云南……唔,云南的大理石。"

夜里她躲在厕所里边读书,天将明的时候,她就坐在楼梯口。只要有一点光亮的地方,我常遇到过她。有一天落着大雪的早晨,窗外的树枝挂着白绒似的穗头,在宿舍的那边,长筒过道的尽头,窗台上似乎有人睡在那里了。

"谁呢?这地方多么凉!"我的皮鞋拍打着地板,发出一种空洞洞的嗡声,因是星期日的早晨,全个学校出现在特有的安宁里。一部分的同学在化着装;一部分的同学还睡在眠床上。

还没走到她的旁边,我看到那摊在膝头上的书页被风翻动着。

"这是谁呢?礼拜日还这样用功!"正要唤醒她,忽然看到那青色的手了。

"王亚明,嗳……醒醒吧……"我还没有直接招呼过她的名字,感到生涩和直硬。

"喝喝……睡着啦!"她每逢说话总是开始钝重地笑笑。

"华提……贼死,右……爱……"她还没找到书上的字就读起来。

"华提……贼死,这英国话,真难……不像咱们中国字:什么字旁,什么字头……这个:委曲拐弯的,好像长虫爬在脑子里,越爬越糊涂,越爬越记不住。英文先生也说不难,不难,我看你们也不难。我的脑筋笨,乡下人的脑筋没有你们那样灵活。我的父亲还不如我,他说他年轻的时候,就记他这个'王'字,记了半顿饭的工夫还没记住。右……爱……右……阿儿……"说完一句话,在末尾不相干的她又读起单字来。

风车哗啦哗啦地响在壁上,通气窗时时有小的雪片飞进来,在窗台上结着些水珠。

她的眼睛完全爬满着红丝条；贪婪，把持，和那青色的手一样在争取她那不能满足的愿望。

在角落里，在只有一点灯光的地方我都看到过她，好像老鼠在啮嚼什么东西似的。

她的父亲第一次来看她的时候，说她胖了：

"妈的，吃胖了，这里吃的比咱家吃的好，是不是？好好干吧！干下三年来，不成圣人吧，也总算明白明白人情大道理。"在课堂上，一个星期之内人们都是学着王亚明的父亲。第二次，她的父亲又来看她，她向她父亲要一双手套。

"就把我这副给你吧！书，好好念书，要一副手套还没有吗？等一等，不用忙……要戴就先戴这副，开春啦！我又不常出什么门，明子，上冬咱们再买，是不是？明子！"在接见室的门口嚷嚷着，四周已经是围满着同学，于是他又喊着明子明子的，又说了一些事情：

"三妹妹到二姨家去串门啦，去啦两三天啦！小肥猪每天又多加两把豆子，胖得那样你没看见，耳朵都挣挣起来了，……姐姐又来家腌了两罐子咸葱……"

正讲得他流汗的时候，女校长穿着人群站到前面去：

"请到接见室里面坐吧——"

"不用了，不用了，耽搁工夫，我也是不行的，我还就要去赶火车……赶回去，家里一群孩子，放不下心……"他把皮帽子放在手上，向校长点着头，头上冒着气，他就推开门出去了。好像校长把他赶走似的。可是他又转回身来，把手套脱下来。

"爹，你戴着吧，我戴手套本来是没用的。"

他的父亲也是青色的手,比王亚明的手更大更黑。

在阅报室里,王亚明问我:

"你说,是吗?到接见室去坐下谈话就要钱的吗?"

"哪里要钱?要的什么钱!"

"你小点声说,叫她们听见,她们又谈笑话了。"她用手掌指点着我读着的报纸,"我父亲说的,他说接见室里摆着茶壶和茶碗,若进去,怕是校役就给倒茶了,倒茶就要钱了。我说不要,他可是不信,他说连小店房进去喝一碗水也多少得点赏钱,何况学堂呢?你想学堂是多么大的地方!"

校长已说过她几次:

"你的手,就洗不净了吗?多加点肥皂!好好洗洗,用热水烫一烫。早操的时候,在操场上竖起来的几百条手臂都是白的,就是你,特别呀!真特别。"女校长用她贫血的和化石一般透明的手指去触动王亚明的青色手,看那样子,她好像是害怕,好像微微有点抑制着呼吸,就如同让她去接触黑色的已经死掉的鸟类似的。"是褪得很多了,手心可以看到皮肤了。比你来的时候强得多,那时候,那简直是铁手……你的功课赶得上了吗?多用点功,以后,早操你就不用上,学校的墙很低,春天里散步的外国人又多,他们常常停在墙外看的。等你的手褪掉颜色再上早操吧!"校长告诉她,停止了她的早操。

"我已经向父亲要到了手套,戴起手套来不就看不见了吗?"打开了书箱,取出她父亲的手套来。

校长笑得发着咳嗽,那贫血的面孔立刻旋动着红的颜色:"不必了!既然是不整齐,戴手套也是不整齐。"

假山上面的雪消融了去,校役把铃子也打得似乎更响些,窗前的杨树抽着芽,操场好像冒着烟似的,被太阳蒸发着。上早操的时候,那指挥官的口笛振鸣得也远了,和墙外树丛中的人家起回应。

我们在跑在跳,和群鸟似的在噪杂。带着糖质的空气迷漫着我们,从树梢上面吹下来的风混合着嫩芽的香味。被冬天枷锁了的灵魂和被束卷的棉花一样舒展开来。

正当早操刚收场的时候,忽然听到楼窗口有人在招呼什么,那声音被空气负载着向天空响去似的:

"好和暖的太阳!你们热了吧?你们……"在抽芽的杨树后面,那窗口站着王亚明。

等杨树已经长了绿叶,满院结成了荫影的时候,王亚明却渐渐变成了干缩,眼睛的边缘发着绿色,耳朵也似乎薄了一些,至于她的肩头,一点也不再显出蛮野和强壮。当她偶然出现在树荫下,那开始陷下的胸部使我立刻从她想到了生肺病的人。

"我的功课,校长还说跟不上,倒也是跟不上,到年底若再跟不上,喝喝!真会留级的吗?"她讲话虽然仍和从前一样"喝喝"的,但她的手却开始畏缩起来,左手背在背后,右手在衣襟下面突出个小丘。

我们从来没有看到她哭过,大风在窗外倒拔着杨树的那天,她背向着教室,也背向着我们,对着窗外的大风哭了。那是那些参观的人走了以后的事情,她用那已经开始在褪着色的青手捧着眼泪。

"还哭!还哭什么?来了参观的人,还不躲开。你自己看看谁像你这样特别!两只蓝手还不说,你看看,你这件上衣,快变成灰的了!别人都是蓝上衣,哪有你这样特别,太旧的衣裳颜色是

51

不整齐的……不能因为你一个人，而破坏了制服的规律性……"她一面嘴唇与嘴唇切合着，一面用她惨白的手指去撕着王亚明的领口，"我是叫你下楼，等参观的走了再上来，谁叫你就站在过道呢？在过道，你想想，他们看不到你吗？你倒戴起了这样大的一副手套……"

说到"手套"的地方，校长的黑色漆皮鞋，那亮晶的鞋尖去踢了一下已经落到地板上的一只：

"你觉得你戴上了手套站在这地方就十分好了吗？这叫什么玩意儿？"她又在手套上踏了一下，她看到那和马车夫一样肥大的手套，抑制不住地笑出声来了。

王亚明哭了这一次，好像风声都停止了，她还没有停止。

暑假以后，她又来了。夏末简直和秋天一样凉爽，黄昏以前的太阳染在马路上使那些铺路的石块都变成了朱红色。我们集着群在校门里的山丁树下吃着山丁。就是这时候，王亚明坐着的马车从"喇嘛台"那边哗啦哗啦地跑来了。只要马车一停下，那就全然寂静下去，她的父亲搬着行李，她抱着面盆和一些零碎，走上台阶来了。我们并不立刻为她闪开，有的说着："来啦！""你来啦！"有的完全向她张着嘴。

等她父亲腰带上挂着白毛巾一抖一抖地走上了台阶，就有人在说：

"怎么！在家住了一个暑假，她的手又黑了呢！那不是和铁一样了吗？"

秋季以后，宿舍搬家的那天，我才真正注意到这铁手，我似乎已经睡着了，但能听到隔壁在吵叫着：

"我不要她，我不和她并床……"

"我也不和她并床。"

我再细听了一些时候,就什么也听不清了,只听到嗡嗡的笑声和绞成一团的吵嚷。夜里我偶然起来到过道去喝了一次水。长椅上睡着一个人,立刻就被我认出来,那是王亚明。两只黑手遮着脸孔,被子一半脱落在地板上,一半挂在她的脚上。我想她一定又是借着过道的灯光在夜里读书,可是她的旁边也没有什么书本,并且她的包袱和一些零碎就在地板上围绕着她。

第二天的夜晚,校长走在王亚明的前面,一面走一面响着鼻子,她穿过床位,她用她的细手推动那一些连成排的铺平的白床单:

"这里,这里的一排七张床,只睡八个人,六张床还睡九个呢!"她翻着那被子,把它排开一点,让王亚明把被子就夹在这地方。

王亚明的被子展开了,为着高兴的缘故,她还一边铺着床铺,一边嘴里似乎打着哨子,我还从没听到过这个,在女学校里边,没有人用嘴打过哨子。

她已经铺好了,她坐在床上张着嘴,把下颚微微向前抬起一点,像是安然和舒畅在镇压着她似的。校长已经下楼了,或者已经离开了宿舍,回家去了。但,舍监这老太太,鞋子在地板上嚓嚓着,头发完全失掉了光泽,她跑来跑去:

"我说,这也不行……不讲卫生,身上生着虫类,什么人还不想躲开她呢?"她又向角落里走了几步,我看到她的白眼球好像对着我似的,"看这被子吧!你们去嗅一嗅!隔着二尺远都有气味了……挨着她睡觉,滑稽不滑稽!谁知道……虫类不会爬了满身吗?去看看,那棉花都黑得什么样子啦!"

舍监常常讲她自己的事情,她的丈夫在日本留学的时候,她也在日本,也算是留学。同学们问她:

"学的什么呢?"

"不用专学什么!在日本说日本话,看看日本风俗,这不也是留学吗?"她说话总离不了"不卫生,滑稽不滑稽……肮脏",她叫虱子特别要叫虫类。

"人肮脏手也肮脏。"她的肩头很宽,说着肮脏她把眉头故意抬高了一下,好像寒风忽然吹到她似的,她跑出去了。

"这样的学生,我看校长可真是……可真是多余要……"打过熄灯铃之后,舍监还在过道里和别的一些同学在讲说着。

第三天夜晚,王亚明又提着包袱,卷着行李,前面又是走着白脸的校长。

"我们不要,我们的人数够啦!"

校长的指甲还没接触到她们的被边时,她们就嚷了起来,并且换了一排床铺也是嚷了起来:

"我们的人数也够啦!还多了呢!六张床,九个人,还能再加了吗?"

"一二三四……"校长开始计算,"不够,还可以再加一个,四张床,应该六个人,你们只有五个……来!王亚明!"

"不,那是留给我妹妹的,她明天就来……"那个同学跑过去,把被子用手按住。

最后,校长把她带到别的宿舍去了。

"她有虱子,我不挨着她……"

"我也不挨着她……"

"王亚明的被子没有被里,棉花贴着身子睡,不信,校长看看!"

后来她们就开着玩笑,至于说出害怕王亚明的黑手而不敢接近她。

以后,这黑手人就睡在过道的长椅上。我起得早的时候,就遇到她在卷着行李,并且提着行李下楼去。我有时也在地下储室遇到她,那当然是夜晚,所以她和我谈话的时候,我都是看看墙上的影子,她搔着头发的手,那影子印在墙上也和头发一样颜色。

"惯了,椅子也一样睡,就是地板也一样,睡觉的地方,就是睡觉,管什么好歹!念书是要紧的……我的英文,不知在考试的时候,马先生能给我多少分数?不够六十分,年底要留级的吗?"

"不要紧,一门不能够留级。"我说。

"爹爹可是说啦!三年毕业,再多半年,他也不能供给我学费……这英国话,我的舌头可真转不过弯来。喝喝……"

全宿舍的人都在厌烦她,虽然她是住在过道里。因为她夜里总是咳嗽着……同时在宿舍里边她开始用颜料染着袜子和上衣。

"衣裳旧了,染染差不多和新的一样。比方,夏季制服,染成灰色就可以当秋季制服穿……比方,买白袜子,把它染成黑色,这都可以……"

"为什么你不买黑袜子呢?"我问她。

"黑袜子,他们是用机器染的,矾太多……不结实,一穿就破的……还是咱们自己家染的好……一双袜子好几毛钱……破了就破了,还得了吗?"

礼拜六的晚上,同学们用小铁锅煮着鸡子。每个礼拜六差不多总是这样,她们要动手烧一点东西来吃。从小铁锅煮好的鸡子,我也看到的,是黑的,我以为那是中了毒。那端着鸡子的同学,几乎把眼镜咆哮得掉落下来：

"谁干的好事！谁？这是谁？"

王亚明把面孔向着她们来到了厨房，她拥挤着别人，嘴里喝喝的：

"是我，我不知道这锅还有人用，我用它煮了两双袜子……喝喝……我去……"

"你去干什么？你去……"

"我去洗洗它！"

"染臭袜子的锅还能煮鸡子吃！还要它？"铁锅就当着众人在地板上咣啷咣啷地跳着，人咆哮着，戴眼镜的同学把黑色的鸡子好像抛着石头似的用力抛在地上。

人们都散开的时候，王亚明一边拾着地板上的鸡子，一边在自己说着话：

"哟！染了两双新袜子，铁锅就不要了！新袜子怎么会臭呢？"

冬天，落雪的夜里，从学校出发到宿舍去，所经过的小街完全被雪片占据了。我们向前冲着，扑着，若遇到大风，我们就在风雪中打着转，倒退着走，或者是横着走。清早，照例又要从宿舍出发，在十二月里，每个人的脚都冻木了，虽然是跑着也要冻木的。所以我们咒诅和怨恨，甚至于有的同学已经在骂着，骂着校长是"混蛋"，不应该把宿舍离开学校这样远，不应该在天还不亮就让学生们从宿舍出发。

有些天，在路上我单独地遇到王亚明。远处的天空和远处的雪都在闪着光，月亮使得我和她踏着影子前进。大街和小街都看不见行人。风吹着路旁的树枝在发响，也时时听到路旁的玻璃窗被雪扫着在呻叫。我和她谈话的声音，被零度以下的气温所反应也增加了硬度。等我们的嘴唇也和我们的腿部一样感到了不灵活,这时候,我们总是终止了谈话,只听着脚下被踏着的雪,乍乍乍地响。

手在按着门铃,腿好像就要自己脱离开去,膝盖向前时时要跪了下去似的。

我记不得是哪一个早晨,腋下带着还没有读过的小说,走出了宿舍,我转过身去,把栏栅门拉紧。但心上总有些恐惧,越看远处模糊不清的房子,越听后面在扫着的风雪,就越害怕起来。星光是那样微小,月亮也许落下去了,也许被灰色的和土色的云彩所遮蔽。

走过一丈远,又像增加了一丈似的,希望有一个过路的人出现,但又害怕那过路人,因为在没有月亮的夜里,只能听到声音而看不见人,等一看见人影,那就从地面突然长了起来似的。

我踏上了学校门前的石阶,心脏仍在发热,我在按铃的手,似乎已经失去了力量。突然石阶又有一个人走上来了。

"谁?谁?"

"我!是我。"

"你就走在我的后面吗?"因为一路上我并没听到有另外的脚步声,这使我更害怕起来。

"不,我没走在你的后面,我来了好半天了。校役他是不给开门的,我招呼了不知道多大工夫了。"

"你没按过铃吗?"

"按铃没有用,喝喝,校役开了灯,来到门口,隔着玻璃向外看看……可是到底他不给开。"

里边的灯亮起来,一边骂着似的咣啷咣啷地把门给闪开了:

57

"半夜三更叫门……该考背榜不是一样考背榜吗?"

"干什么?你说什么?"我这话还没有说出来,校役就改变了态度:

"萧先生,您叫门叫了好半天了吧?"

我和王亚明一直走进了地下室,她咳嗽着,她的脸苍黄得几乎是打着皱纹似的颤索了一些时候。被风吹得而挂下来的眼泪还停留在脸上,她就打开了课本。

"校役为什么不给你开门?"我问。

"谁知道?他说来得太早,让我回去,后来他又说校长的命令。"

"你等了多少时候了?"

"不算多大工夫,等一会儿,就等一会儿,一顿饭这个样子。喝喝……"

她读书的样子完全和刚来的时候不一样,那喉咙渐渐窄小了似的,只是喃喃着,并且那两边摇动的肩头也显着紧缩和偏狭,背脊已经弓了起来,胸部却平了下去。

我读着小说,很小的声音读着,怕是搅扰了她;但,这是第一次,我不知道为什么这只是第一次。

她问我读的什么小说,读没读过《三国演义》。有时她也拿到手里看看书面,或是翻翻书页:"像你们多聪明!功课连看也不看,到考试的时候也一点不怕。我就不行,也想歇一会,看看别的书……可是那就不成了……"

有一个星期日,宿舍里面空朗朗的,我就大声读着《屠场》上正是女工马利亚昏倒在雪地上的那段,我一面看着窗外的雪地,一面读着,觉得很感动。王亚明站在我的背后,我一点也不知道。

"你有什么看过的书,也借给我一本,下雪天气,实在沉闷,本地又没有亲戚,上街又没有什么买的,又要花车钱……"

"你父亲很久不来看你了吗?"我以为她是想家了。

"哪能来!火车钱,一来回就是两元多……再说家里也没有人……"

我就把《屠场》放在她的手上,因为我已经读过了。

她笑着,"喝喝"着,她把床沿颤了两下,她开始研究着那书的封面。等她走出去时,我听在过道里她也学着我把那书开头的第一句读得很响。

以后,我又不记得是哪一天,也许又是什么假日,总之,宿舍是空朗朗的,一直到月亮已经照上窗子,全宿舍依然被剩在寂静中。我听到床头上有沙沙的声音,好像什么人在我的床头摸索着,我仰过头去,在月光下我看到了是王亚明的黑手,并且把我借给她的那本书放在我的旁边。

我问她:"看得有趣吗?好吗?"

起初,她并不回答我,后来她把脸孔用手掩住,她的头发也像在抖着似的,她说:

"好。"

我听她的声音也像在抖着,于是我坐了起来。她却逃开了,用着那和头发一样颜色的手横在脸上。

过道的长廊空朗朗的,我看着沉在月光里的地板的花纹。

"马利亚,真像有这个人一样,她倒在雪地上,我想她没有死吧!她不会死吧……那医生知道她是没有钱的人,就不给她看病……喝喝!"很高的声音,她笑了,借着笑的抖动眼泪才滚落下来,"我也去请过医生,我母亲生病的时候,你看那医生他来吗?

他先向我要马车钱,我说钱在家里,先坐车来吧!人要不行了……你看他来吗?他站在院心问我:'你家是干什么的?你家开染缸房(染衣店)吗?'不知为什么,一告诉他是开'染缸房'的,他就拉开门进屋去了……我等他,他没有出来,我又去敲门,他在门里面说:'不能去看这病,你回去吧!'我回来了……"她又擦了擦眼睛才说下去:"从这时候我就照顾着两个弟弟和两个妹妹。爹爹染黑的和蓝的,姐姐染红的……姐姐定亲的那年,上冬的时候,她的婆婆从乡下来住在我们家里,一看到姐姐她就说:'哎呀!那杀人的手!'从这起,爹爹就说不许某个人专染红的,某个人专染蓝的。我的手是黑的,细看才带点紫色,那两个妹妹也都和我一样。"

"你的妹妹没有读书?"

"没有,我将来教她们,可是我也不知道我读得好不好,读不好连妹妹都对不起……染一匹布多不过三毛钱……一个月能有几匹布来染呢?衣裳每件一毛钱,又不论大小,送来染的都是大衣裳居多……去掉火柴钱,去掉颜料钱……那不是吗!我的学费……把他们在家吃咸盐的钱都给我拿来啦……我哪能不用心念书,我哪能?"她又去摸触那书本。

我仍然看着地板上的花纹,我想她的眼泪比我的同情高贵得多。

还不到放寒假时,王亚明在一天的早晨,整理着手提箱和零碎,她的行李已经束得很紧,立在墙根的地方。

并没有人和她去告别,也没有人和她说一声再见。我们从宿舍出发,一个一个地经过夜里王亚明睡觉的长椅,她向我们每个人笑着,同时也好像从窗口在望着远方。我们使过道起着沉重的骚音，我们下着楼梯，经过了院子，在栏栅门口，王亚明也赶到了，并且呼喘，并且张着嘴：

"我的父亲还没有来，多学一点钟是一点钟……"她向着大家在说话一样。

这最后的每一点钟都使她流着汗，在英文课上她忙着用小册子记下来黑板上所有的生字，同时读着，同时连教师随手写的已经是不必要的读过的熟字她也记了下来。在第二点钟地理课上，她又费着气力模仿着黑板上教师画的地图，她在小册子上也画了起来……好像所有这最末一天经过她的思想都重要起来，都必得留下一个痕迹。

在下课的时间，我看了她的小册子，那完全记错了：英文字母，有的脱落一个，有的她多加上一个……她的心情已经慌乱了。

夜里，她的父亲也没有来接她，她又在那长椅上展了被褥。只有这一次，她睡得这样早，睡得超过平常以上的安然。头发接近着被边，肩头随着呼吸放宽了一些。今天她的左右并不摆着书本。

早晨，太阳停在颤抖的挂着雪的树枝上面，鸟雀刚出巢的时候，她的父亲来了。停在楼梯口，他放下肩上背来的大毡靴，他用围着脖子的白毛巾捋去胡须上的冰溜：

"你落了榜吗？你……"冰溜在楼梯上溶成小小的水珠。

"没有，还没考试，校长告诉我，说我不用考啦，不能及格的……"

她的父亲站在楼梯口，把脸向着墙壁，腰间挂着的白手巾动也不动。

行李拖到楼梯口了，王亚明又去提着手提箱，抱着面盆和一些零碎，她把大手套还给她的父亲。

"我不要，你戴吧！"他的毡靴一移动就在地板上压了几个泥圈圈。

因为是早晨，来围观的同学们很少。王亚明就在轻微的笑声里边戴起了手套。

"穿上毡靴吧！书没念好，别再冻掉了两只脚。"她的父亲把两只靴子相连的皮条解开。

靴子一直掩过了她的膝盖，她和一个赶马车的人一样，头部也用白色的绒布包了起来。

"再来，把书回家好好读读再来。喝……喝。"不知道她向谁在说着。当她又提起了手提箱，她问她的父亲：

"叫来的马车就在门外吗？"

"马车，什么马车？走着上站吧……我背着行李……"

王亚明的毡靴在楼梯上扑扑地拍着。父亲走在前面，变了颜色的手抓着行李的角落。

那被朝阳拖得苗长的影子，跳动着在人的前面先爬上了木栅门。从窗子看去，人也好像和影子一般轻浮，只能看到他们，而听不到关于他们的一点声音。

出了木栅门，他们就向着远方，向着迷漫着朝阳的方向走去。

雪地好像碎玻璃似的，越远那闪光就越刚强。我一直看到那远处的雪地刺痛了我的眼睛。

马的故事
——在满洲

萧军

【关于作家】

萧军（1907—1988），原名刘鸿霖，笔名还有三郎、田军等，满族，生于今辽宁省凌海市大碾乡。自幼习武，1925 年参军，1928 年考入东北陆军讲武堂，其间目睹东北军阀争利益抢地盘的混战，后写下了处女作《懦……》。1930 年，因打抱不平与教官动武被学校开除，自此弃武从文。1932 年结识萧红，两人从沦陷的哈尔滨一路辗转，流亡到上海。在鲁迅的帮助下，1935 年出版中篇小说《八月的乡村》，因粗粝真实地书写东北沦陷区民众的抗战而成名文坛。主要作品有短篇小说集《羊》《江上》，小说、散文集《十月十五日》、长篇小说《第三代》等。

【关于作品】

《马的故事——在满洲》1936 年连载于《知识与生活》第 1 卷第 5—7 期，后收入短篇小说集《江上》，同年由上海文化生活出版社出版。

小说写的是 1931 年九一八事变前后，东北一个普通的乡村里爱马如命的乡民杨德和他的乡亲们的故事。杨德有一匹栗色的马，他非常喜欢它，对马比对自己的老婆还要好。每天精心喂养，带着它遛弯，每次经过人多的地方，他一定要停下来，好听取别人对他的马的赞美。遇到别人讽刺他的马，他会气愤地上去挥拳打架。他的眼里只有那匹马和他的几亩地，春天下种，秋天收割，尽管捐税在不断增加依然过着安分自足的日子。村里人说起"日本灭了高丽""中国的兵……打杀老百姓""'奉票'简直不是钱了""买日本货还得用日本钱"，就像聊到"司令长官"在北平跳舞，女伴的"一双鞋几千元"、鞋上镶了两颗"金刚石"一样，也只当是闲话笑谈，并不放在心上。就连有一天，去城里进货的"千里眼"空着手回来，说"城里的日本兵全满了""将军们全早跑了"，大家依旧浑然不知亡国恨，热心地讨论着将军们跑路后，他们的太太、大楼、汽车和钱可怎么办，是不是都落在日本人手里了。杨德连这些闲谈八卦也不热衷，直到他听说日本兵什么东西都抢，会赶他的马"去踏地雷"，才开始陷入恐慌，每天晚上都梦到日本兵拆他的马房、牵他的马。小说最后，在一天夜里，他又梦到马要被抢走了，睡梦中咒着喊着去马房，石块绊倒磕落了一颗牙齿，淌了许多的血。东北已经沦陷了，爱马如命的杨德和他的马，还有那些热心闲聊的乡亲们以后的命运会怎么样，作家没有接着写，留下这个意味深长的结尾，就此结束。

这篇是萧军最好的短篇小说之一，不同于作家以往创作中凸显原始血性和义气的草莽英雄人物，这部小说将目光聚焦东北沦陷前后乡村里的普通农民，作家对这类人物生活状态与心态的书写，可谓细致入微。除了杨德，小说还写到了爱调侃的老三、当过兵的赵旺、养牛的老刘云，以及一战期间被征作民夫到欧洲挖过战壕回来的"千里眼"（"圣人"）——这个人是闲聊的中心人物，自认为见多识广，张口就是"欧洲"如何、"外国人"如何。作品用娓娓道来的白描笔法，写出了一个东北乡村的普通农民"两亩地一头牛"的日常生活。小说一方面批判了外来的侵略者对传统乡土社会的破坏，另一方面也痛切反思了封闭保守、自足自利的小农意识。而小说结尾杨德对于失去马的恐惧，从某种意义上也暗示一旦危及底层乡民所珍视和守护的生存根本，可能就到了他们逐渐觉醒、奋起反抗的时候。

一

不错，村中谁全知道杨德曾有过两匹马，全是在将军们和将军们争雄打仗时被官家征发去了——现在这应该是第三匹。

那是一匹栗色的、鼻额上生着一片角形的白色毛的牝马——他就管这白毛叫作"星"。他常是诅咒这片不喜兆的"星"——四肢很好，尾巴也好，长长的快拖到地，鼻子还有点拱起的样子，他就管它叫"鹰鼻姑娘"。他相信有鹰鼻的马有力气，但是他却厌恶那颗"星"。每次他一摸到那鹰鼻：

"噢，多么好的鼻子啊！"接着他看到那颗星，他会吐一口唾沫在马的前额上：

"呸！什么鬼！偏叫在这里生一片白毛……"

每次经过人多的地方，如果他要牵着他的马，他必定要停下，好听取别人对于这畜生是不是还能说出更好更新鲜更特别的赞美言词。

"这真是一匹好家伙呀！"

人说着，同时会用自己的大手掌拍一拍它的背脊，这样是表示他们的人情，不，这应该说是村中人彼此的责任尽了。人为了使主人更欢喜一点，常常是笑着的。待到这畜生神经质地为了拍打而走开几步，别的人会说。

"看吧，它比一个姑娘还害羞咧！该生一个驹儿了？明年，不吗？"

"生驹儿吗？对了，一生了驹儿，它就不再这样壮实好看了……那时一定像人的老婆了……"

人们彼此的哄笑，会使这马吃惊，打着战栗。

"怕什么呀？——你们应该再看看它的牙齿，真是地上难找的这口好牙齿！你们只管看……要有一颗磨光……我就把它整个送给你。"

"……真正是六岁口呀，就凭这年纪……"

人们只是彼此嗡嗡地谦逊地笑着，并没有谁想要来掀开马的嘴巴，看看它的牙齿。似乎人们早就抢着自己的指头把村中所有的人，所有的牲口、树木……的年纪计算过了，全知道这马已经是七岁口了。

"谁来看吧。"——马，不甘愿地嘴被掀开，他说，"——老实点，小姑娘……看吧！只要有一个牙……磨光了棱角……"

马的嘴里还残存着黄色的草渍，眼睛亮白着。

"算啦！你要扭掉它的下巴？谁来和你讲买卖吗？"

直到他发现人不再注意他的话和他的马，他才饶恕了这畜生，快慰地，好像从什么魔窟里独自获得了无量的珍宝那样，满意地走了。——人看着马尾巴飘飘地拂摆着说：

"这狗，狗肚子总是不能盛四两油……马比他的老婆还亲……"

人这样交换地骂着，笑着，就不再提它。

"把刷子拿出来呀，水桶预备好呀……"

在他牵着马走进大门，他就要这样高亮地吼叫。他的老婆会一切全预备停当，两只胳臂分开着，尽可能把脖子伸向前去，拐着不灵活的脚问着：

"他们又说过我们的马吗？"

"为什么不应该说呢？他们不说这……还说什么……说你吗？你不能耕地……也不能生驹……"

他用刷子剔净着残存的准备着要脱落下来冬天的绒毛和街上带回来的尘土说：

"全说它应该生一个驹儿了，就如同几年前说你……说那些马一样……你还一直没给我生过一个好驹儿哪……看它吧……它会比你出色……"

她身子不动地眨着有点红锁边的小眼睛。她好像新害过了眼病，眼毛和眉毛全是看不到的，也许是有，但是人们却谁也不想发现它们，好像即使把鼻子脱掉了，在她也似乎没什么注意的必要。

"她要生驹儿啦？谁说的呢？说这话的人准不准呢？要不准可

不能信他……比方他是……"

"这是什么水呀，……你昏了？"

他把马身上的每根毛全注意过了，全梳顺过了，开始要为它饮水，他发现水桶里的水不是正经的颜色，他脚踢着水桶吆喝着：

"这是什么水呀！你要药死我的马？看……"

女人当真俯下自己的身子去看，她发现水桶里的泥土和死蚯蚓了，她说：

"不要这水吧，这是我从后面河塘里弄来的，马吃了蚯蚓能够肥哪……"

"狗屁的话！"

他在女人拱起的腰上拍了一掌，泼掉了所有的水，提起水桶，牵着马，到半里外的井沿去了。

这是午间，别人家的牲口也齐集到井周来饮水。向南，向西，向东……看过所有的田地：田地全是复活了，飘散着被犁拨起来的泥土香气……远山背阴的地方，在冬天遗存下的积雪，现在已经看不到了，只要再落一次春雨，所有的小草们，就不肯再在那冬的丧衣下面屈从地等待着了。他们要任着自己的意思渲染了所有的草原和山坡。——

远远看去，空气像水波一般地流过，看得出它那个旋律的，没有色的烟一般急速地颤动。

"快一点呵！浑虫们！……"

杨德他看着别的人总是接连地饮着自己的牲口。每个牲口又是那样贪恋着水桶，喝完了它们还是停止着，安详的，一种充足的闲适开合着眼睛。他拨一拨每个牲口的身子，挨近了井台：

"你不会快一点吗？你要把一个井饮得像一个干河沟吗？"

正据在井口的是一个青年人,他不理睬他,只是用嘴婉转地吹着呼哨,使那已经饮得够足了的一匹驴子再多饮一点:

"足啦吗!喊!咽咽!"他管这个大肚的驴子叫咽咽。

"你是怎么啦?这里是你们说家常话的地方吗?老三。"他把水桶发着响声地放在了井台边的石板上。被叫作老三的向他睄过来了:

"慢点!好吗?我的牲口胆小,干么这样响?"

"噢?胆小?……"杨德一只手抚摸着自己马的鼻子笑笑地接着说,"胆小……放在家里呀!它也不是一匹老鼠仔……"

"你的牲口是什么呢?"

老三的牲口们已经自动地离开了井台,陆续地向自己的家门走去了。但是他还并不离开井口,轻蔑地看一看杨德,也看了看他手里抚摸着的马:

"你这是一匹'龙'呀?告诉你,不要觉得自己不错……'龙',在鼻子上是没有那块白毛呢……看吧,就冲那块白毛……白送给我……问问我要吗?它七岁口了……我记得它比你记你自己的脚趾头还清楚……"老三伸着自己的指头摇摆着,"不含糊……七岁……我比你清楚……我比你清楚……一点也不含糊……"

"狗种!我打到你井里去——"杨德的胡须开始竖动了,老三也走开了井口,他挑战似的咳嗽了一声,走近杨德的身边来,恶意地用手敲着马的背脊,马开始战栗地闪开着,他说:

"这是龙呀!你的牲口是龙!别人的……是耗子呀……龙呀……"

"你再敢……"杨德如同一只要决斗的雄鸡,脖子开始挺直,眼睛充着血……"你碰掉它一根毛……"

69

"掉一根毛，也是马的毛呀……也不是龙鳞呀……"

接着他们扭打在一起了。水桶滚下了井台，马因了无人牵引，便自由自在地去游行……

一直到别的人赶来为牲口们饮水，大家看着这对扭在地上盘卷绞打的虫子，笑得够了，才由较忠厚一些的人把他们分开。他们还像两只疯狂的狗，时时要闯过人的遮拦……

"为什么呀？大家都是好邻居！"人们嘻嘻哈哈地笑着劝着；杨德的脸上涂满着唾沫和血渍，胡子零落着，暴躁地挥着拳头：

"狗养的儿子……你妈妈和我睡过觉呀……你不是人的种子……"

"你爸爸是和你的马睡过觉的……那马是你的亲生娘……你是马养的……"

老三的一只眼睛变小了，眼皮变厚了，他用手揉着自己的眼睛，脸上也是涂遍着唾沫和血渍。在他还骂的时候，他惨白地笑着，在牙齿上也是血色模糊。

"我杀了你……"杨德切动着牙齿，跺着自己的脚，人们为他引得发笑。

"回家取刀吧！……"老三裸开自己的胸膛，响亮地拍打着，而后把手指勾卷回来，指点着，轻蔑地叫着，"看清楚呀……这里有胸脯等着你呀！只要你有骨头……看清楚呀！……"

这村中彼此打仗是常有的事，像这样的打仗在人们是并不稀奇的。他们知道大家彼此并没有仇恨，大家彼此也不记在心里，所以人们虽是聚得很多，却只是哄笑，小孩子们从大人的两腿中间钻进来，也跟着哄笑……抽动着过多的鼻涕。这是这村中最聪明的人，他到过欧洲，在"欧洲大战"的时候他被招去掘过战壕，所以村中的人知道他是有见识的。他把村中的"秀才""举人"们不放在眼睛里,他也瞧不起候补在家里的县长先生。他走起路来眼睛总是看着远方;他也常常把从城市里得来的报纸上的消息,无论是重要的或是不重要的,不过时或是过时的,加着渲染描声描色地讲着,好像不这样讲他会生活不下去。

听到了他的声音,别人的声音就失了光彩。两个臭骂得正起劲的人,也好像把自己要预备骂得更漂亮更妥帖的语句遗忘了,嘴巴拖下着。

"你们看……你们是多么浑蛋……什么也不懂得……比方外国人……就不这样……"

"噢!我们不是外国人……我们是中国人呀……"

为了这个"圣人"在每次提到任是一件狗追猫的小事件,他也必须要拉到他曾去过的欧洲,去过的东洋……这次一个年青的农民这样驳着他,他是一个已退了伍的兵。

"你懂得什么?你当过兵,是不是?中国兵还算兵吗?看人家欧洲的……"

他又提到欧洲了,接着说:"无论法国的兵……德国的兵……人家尽吃什么,穿什么……看中国的兵吧……你是当过兵的啦……人家的兵全是打外国人哪!……中国的兵……只是打老百姓,杀老百姓……"

"那全是长官的命令……当兵第一就是服从命令……"

时才打仗的人,现在却似乎把什么全遗忘了。下巴更是拖坠下来,脸上的血渍在日光下起着爆纹,细碎地剥落着。好像时才打在一起的不是他们,围在这里的人好像也不是为了他们,而是为了这一个人。他们看着那位"圣人",额头闪亮着汗颗,鼻子时时拱动地表示倨傲地打着空音，粗露着颈子上每条脉管争辩着：

"你懂得什么呀……"圣人拍一拍自己的头说，"这头发全是跑白了的呀……还有我不明白的事吗？……比方……法国为什么和德国打仗，'东洋人'为什么非欺负中国人不可……这头发全是跑白了的呀……你不是还年青吗？"

"你懂得一条牛身上有多少根毛……你懂得满天空有多少星星……又有什么用啊……你懂得……"

为了晌午休息的时间过了，人们就不再能围在这里了。老年们开始吆喝着提醒着青年们该到工作的时候——杨德才想起了他的马。

二

春天，忙于耕种的人们，点染在每处的田野上，爬来爬去。……牲口们点动着耳朵，身子显低，撑直着犁索，迟滞地曳动着。在犁杖后面，人拖成了长队——掌犁人在空中张着声势，使手里的鞭子不停地在牲口们的身上盘旋；撒种子的人，肘间挂着柳条篓，像半个倒悬的冬瓜。他匀整地几乎不使每颗种子浪费，有节奏地甩着他的手腕，迈着讨俏的步子；滤肥料的人，奔忙着，把就近的粪堆一堆一堆地滤向新翻起的犁沟里……培土的人就用他们的脚培平了它们。于是种子撒下了，肥料充足了，也就是把自己的希望埋在地下。从每个笑着的脸上，有形或无形地全刻画着春天和秋天对于他们的意义的雕纹。

"喂！杨德，你别那样偏心啊！为什么尽打我的牛？……"帮忙杨德培土的刘云，他又从前面看见杨德用鞭子在打他的牛了，于是圆着自己的眼睛说,"对哑巴的畜生……你不能这样偏心!……"

"这不是吗?……一样地打……"杨德用鞭梢轻轻在马的背上担心地抽打了一下说,"看,这不是一样吗?……它们谁偷懒……不吃力……我就……"——他又用鞭子在牛的背上抽了一下。真切地牛皮的绒毛上又显现出了一条交织在别的尘土条痕上边的新条痕。"——我就是一鞭子……你看我的马……那套索拉得该多么直呀……咳!快把肚子里的小驹儿挤出来了!看你这牛……"

在最末他又在那颠顸的牛背脊上扫了一鞭子。牛并不像马那样性急,它只是把眼睛睁大一些,使得眼白上全贯着血丝的网。

"我的牛也是有了犊的啦!你的马怕掉驹,我的牛不怕掉犊么?"

杨德的老婆撒着种子,除开她,别人们全是同意刘云的,大家伙一致地说:

"待哑巴牲口不能偏心……"

"是啊!待哑巴牲口不能偏心……"

"你的也是牲口,也并不是人……"

"牲口……不能一律而论……"

杨德无论什么时候,总是要把自己的东西提出来,不同于一般。比方他这块三等的田,他也总是说比一等田要好些;秋天打成的一样颜色的高粱粒,他也必要说他的高粱粒是不同的肥大,不同的红色。更是他的马从来是不能忍受别人不把它特殊提出来夸奖,而混同在别的牲口中。

"比方……"犁杖已经到了垄头,杨德努力提起犁杖柄,旋回着,人们也跟着开始旋回着……犁头又重新插入了归来的其次的垄端;牲口又开始拽直了自己的拖索,耳朵点点动动。"比方……

73

你们就看我这马……"——他又在牛的身上加了一鞭——"它转弯的时候，就不用人招呼一声……它自己就知道该蹚那一条垄了……比方刘大哥你的牛……那就不成了……"

"还是那一句话……你的马是一条龙……是不是？"

这个正在滤粪向新翻起的垄沟里的青年人老三，他扬声地笑着，为了在井台上饮水，他是曾和杨德相骂相打过的。

"可惜还缺两条犄角呀……龙是有犄角……也有胡子哪……那牛的犄角砍下来……按在你马的头顶上……把山羊的胡子割下来……就算龙须……就是身上没有鳞……我们一定也管它叫龙了。……听见吗，我们应该通知全村说：'杨德的马是天龙下降呀！'……龙！……"

如果不是老三现在帮忙自己种地，他也许和在井台时一样，再扭打起来。

"你说吧，反正驴是不能变马的……比方……你说你那驴……它能变马吗？耳朵那样长……还有尾巴……怎样说……它能比我的马吗？"杨德的胡子膨胀着，努力使手里的鞭子在空中急摆了两下，手里的犁杖柄掌握得就有点歪斜。

"你不能这样说……各有各的种……"还不等老三说完，趁着他去到别个粪堆去取粪土，培着土的刘云先说了，"真的……你不能这样说……各有各的种……你不能因为你马快一点……就说我牛不如你的马……用鞭子直抽……牛是牛啊……它不是马……它有它的种啊！……"

"牛不是马……驴也不是牛……那么……"老三把很满的一提篓粪土，经心而熟练地注流入了新翻起的垄沟，又不停止地去提一次篓。

"那么……说你的马是龙……谁信呢？除非你的老婆……是不是呀，杨大嫂？……"

"你们说呀，不要连带我……"杨德的老婆，她把每粒种子像埋种珍珠似的那样小心，撒到垄沟中间。如果有一粒被杨德发现是飘留在外面，他会抽回头来咬着牙齿骂她，骂着各样巧妙的下流的言语。直到引起人们的笑声，或是到了地端，他许是不再骂了。为了用力，每次他总是使他自己的胡须上沾满了唾沫星。

很久他尽在和别人吵嘴，似乎把种子忘了，也把老婆忘了。现在好像才提醒他的忆念，他红着眼睛回头向她看了一下，正赶上她把几颗种子误抛在了垄沟的外面，于是他便把从别人身上得来的气闷，开始向她来喷泄：

"你，臭老婆……在想什么呀……把种子全浪费了……一粒种子……十年可以变成一袋金子呀……我的日子好不起来……全是你……你把什么全浪费了……你简直不如我的马……看，我的马怀了驹儿了……只要冬天一来到……小马驹就会跳出来……但愿它也是一匹能生驹的小牝马吧！你算什么呢？臭老婆……"

好像不是在骂自己，她没有表示也没有声音，只是更谨慎些把每粒种子撒到垄沟里去。

一眼看不完的所有的山坡全改变了新装，那冬天蒙在每处苍白的灰色的丧衣，不见了。

晚间，人们有机会聚在一起，便要讲着今年的雨水，讲着捐税，讲着胡匪……有时也讲着谁家的姑娘在年终该出嫁，谁家的儿子该娶个媳妇……而我们的"圣人"总要把他从城里带来的消息……像点心那样为每人分布着。

"钱，毛得真不得了啊！'奉票'简直不是钱了！一百二十元换两元现洋钱，照这样下去……过年就得一百二十元换一元了……""圣人"在讲"金融学"了。他在村中自己开设杂货铺，每次到城市里去买货物回来，他第一个新闻总是提到金融。接着他会说："买卖也没法做了，用现洋买货，卖奉票，还得赊账……不赊账又不成……这样里外一折反……简直要亏本……一元日本钱要换三元多大洋哪……买日本货还得用日本钱……"

人们对于这些消息并不关心的，全知道他是故意在诉苦，在秋天讨账的时候，人们可以痛快些。

"听说日本钱叫'金票'，那票子是金的吗？"一个没有进过城市的小伙子呆头呆脑地这样问着。

"哪……里……一样是纸啊！日本鬼那里来些金子呀，只有'大鼻子'的'卢布'才是真金的哪。……那纸还不如'奉票'的纸好哪，上面画一个高丽人……他们说，日本国将来倒了……教别人向高丽人换钱。"

当过兵的年轻人，他抢着尽自己所知道的说了。"圣人"轻蔑地推一推他鼻子上的眼镜说：

"报纸上可不是这样说的呀……你是没看过报纸……所以你什么也不知道……高丽就是日本哪！日本灭了高丽，接着就该灭中国了……我们的'司令长官'听说尽在北平跳舞呢！一双鞋几千元！"

杨德从村的一端转过来了，身后面照旧是走着他的马，在人群的前边开始停止下，拍一拍马的脊梁：

"你们猜一猜……它能下个什么样的驹？公的？还是母的？我想……小马驹的脑袋上不能有这个'星'了，呸！和它妈妈一样……鹰鼻总是要有的……我想……你们说呢？"

为了他打断了"千里耳"("圣人"的另一个绰号)的说话，这使人们正不高兴。忠厚些年纪大的人，便不开口，只是用眼睛冷冷地看着他的鼻子，也没有兴致再去称赞他的马；年青的为了要听将军们的故事，要听将军们和什么样美人儿跳舞，几千元一双的鞋子是什么样……他们骂他：

"滚你的……好吧？你的马一胎会生八个驹……去……向你的老婆说去……听见吗？你的马肚子会被八个驹撑碎了……"

杨德本来要对这侮辱大骂一场，他动着胡子，可是当过兵的青年农民，不再忍耐了，他在马的尾股上给了一脚，马的鬃毛蓦然起了抖动，它在杨德不防备的时候跑开了，缰绳拖起了飞尘，马蹄翻卷着，尾巴拖直……

人们开始高笑，打着手，吼叫着，马跑得更快了，远了，蹄声听起来已经不甚真切。

杨德追着，回头扬着手，人只看到他的嘴动，却听不到声音……

跌倒了他又起来，好像有一条看不见的钢索，连贯着马的尾巴和他的心一般地不能分离。他不能停止下。

在人们笑声跌落时，"千里耳"又在人们记念中出现了。发现他却是冷冷地看着青青的远山，被轻松的夜色的绒毛开始粘贴着了：

"……'千里耳'说你的呀，你到过欧洲……那里的太阳……也和我们这里一样吗？从东边出来……西边落下……一般大小吗？还是比我们这里的大一点……"

"这是'天文学'啦……这讲明白了……像你这样人……总得三年……太阳不叫太阳，欧洲人叫'星'啊……月亮也叫'星'

哪……"

"千里耳"推一推他阔边的眼镜，准备讲星了，可是另一个人却阻止了他："三年……这太远哪……还是说那将军和什么娘儿们跳武（舞）还是跳狗吧，……什么样鞋子呀，……几千元？"

"什么样鞋子？""千里耳"拱一拱鼻子，轻蔑地侧一侧头说，"几千元算什么呀……外国一双跳舞鞋，……动动就是几万金镑啊，……几千元算什么呢？听说这双鞋子只有两颗不甚大的金刚石，……鞋子还不是真金丝编织的……卖了我们全村人的骨头，把杨德的马，连肚内的马驹也搭上……看看能够一只鞋子的价钱吗？哼！……那样一匹马……他真当了宝了……"

"这鞋一定够结实了……"一个人扭一扭自己的赤脚接着说，"让我穿上爬两趟山试试。"

"为什么呢？"

"不是金子和石头做的吗？"

"人家那石头是什么石头……那叫金刚石……就是金刚钻……金刚钻的……"

"咱们村中县知事的家里不听说有一个吗？有拳头大……晚上放在屋里不用点灯了。"

"吹牛皮……""千里耳"为要证明他是瞧不起这个退任的县知事，例外地提高了声音，"吹牛皮，……这样大的金刚石连欧洲全无有啊……就是一回一个俄国的兵说，他们的皇上的帽子上有一颗……那还没有鸡蛋大小呢……听说是世界上最大的一颗了……不知是几万万'金卢布'才买到呢……"

一直到昏黑，每人全把说话的主题丢掉了，无边际地说着，各人发表着自己的见解。"千里耳"是一柄斧子似的批判着他的邻人们的愚蠢和无知，这天，从"千里耳"的口里增长的知识，能够记住的只是：日本的金票不能换金子；高丽是日本国灭的；再就是鞋子可以用金子做，上面镶发光的石头，和"千里耳"所说：卖了全村人的骨头和杨德的马，连肚里的马驹……的价钱。

"呸！卖了你的骨头吧，看看可能买将军们的一只鞋……"人们见着总是拿这话来做第一句的玩笑。

三

雨水不嫌少，也不太多，正是庄稼所需要的，也是人们所需要的。关内和关外的将军们也没打仗的消息。捐税虽较每年又增了些，人们期待收获的喜悦，并不是这点忧愁所能盖没的。他们眼盼着自己春天埋下的一颗种子，不久就会有整穗头的种子还家，这应该比得一穗珍珠还喜悦。

随处田端的野草也特别的丰肥，牲口们的毛稍起着光泽了，驴子们吼叫的声音也似乎比起往年壮大，震响着全村。

杨德每天测量着马的肚腹。他如果发现肚腹内有点跳动，无论什么时候，他总是把老婆扯过来，指给她看：

"动啦！看，在这里……小东西会动啦！牛七马八猪五羊六……现在是八月，还得三个月呢！"

他抡着指头，计数着所有家畜们的怀孕期，虽然他只关心到马！

"八个月，马八个月就生了……"

"八个月，一定生的，也许还能早一点！"

"不，一点也不能叫它早呀！早了不是掉驹了吗？你浑虫！整个的浑虫……"他推开她，骂她……她本来是想要说句祝福的话来为丈夫助助兴，所以她说："还能早一点。"她从来没说过使丈夫完全中过意的话。

　　白天，他拉着马到地端去吃草，拣那丰茂的地方。如果地主人不在那里，他便要把别人的还没有完全成熟的谷穗，高粱穗……豆子……只要那一棵庄稼，微微有些倾出群来的样子，他便用迅疾的手法，把那穗头扭下来。他不用镰刀……如果被人们发现他会说那全是马的过错，他没有注意到，马就把那穗头咬落了。主要他还是说，那田里的穗头不应该闪出群来。他说他的田里也常有这样的事，最后他还发誓，他实在没有看见……

　　为了过急的缘故，向马嘴里填塞穗头，常常要把马的嘴弄出血来，同时他还说："大一点口吃呀！你不是小姐……为什么还要嚼呢？到肚里一起嚼不好吗？"

　　每次回来，他不再骑马了，有时还要把塞满了青草的口袋——当然里面要有别人田里的穗头的——捐在自己背上。

　　只要谁说一声：

　　"你的马更肥了呀！"他总是要牙齿拉在了嘴唇以外，要想收藏自己的欢喜也没有效，同时回答：

　　"噢？它真肥了吗？还是您的眼力好呀……什么也瞒不过您……我还尽喂它青草哪……不大喂粮食……这是老天爷要它肥的呀……老天爷总是喜欢傻子的，咱弟兄好……等马生了驹……我请你到我家去吃酒……"

　　谁会信他呢？他的话从来是风一般的没有凭据。

　　杨德最恨的是老三和当过兵的青年农民赵旺，还有总是到处爱夸奖自己牛的老刘云……其次该是那个眼睛生在头顶上的"千里耳"了。因为他从来对于他的马就没说过好话；说的时候，他只是辽远地毫无边际地扯到欧洲，好像欧洲是他的家，是他的万宝窟。他敢于鄙视别人的权利，也好像是从欧洲获得的。他好像不是从这村中泥土里，裸着身子吃着、爬着长大的……他完全忘了，只是在大战时，他仅是替欧洲人掘了几年战壕。在提到杨德的马时，他也一样是拿欧洲做标样：

"……那还算一匹马吗？比兔子大不多……在欧洲……"——只要一提到欧洲，他总是要把原来弓下去的背脊拔一拔，提一提鼻子上的眼镜……"你们是不会看到这样马的……又高又大……差不多有我们的马两个大……可惜他们完全把它们赶着去踏地雷……牛也有……那些肥条条的牛……我眼见着那地雷把它崩上了天……而后分成几段再落下来……这马算什么呢？在欧洲大战……踏地雷，人家全不能用它，怕它没有力气……踏不翻……"

"你死在欧洲好啦！为什么还爬回来？"杨德为了要报复这侮辱，就圆着眼睛回骂他。

"这是我的家呀！你不是管不着吗？你个井底的虾蟆……除开你那马，还见过什么吗？兔子一样的马……"

"我的马是兔子，和你有什么干系呢？你连一只兔子崽不也是没有吗？"他把"崽"字提得特别有力，这样会使"千里耳"沉默了。他只有一匹不像样的驴子，和一个跛脚的老婆，而杨德的老婆却并不跛脚的。

四

旋风似的谣言，从城市里飞卷出来，掠过一个村庄，又一个村庄。在经过每个村庄,好像什么全变换了位置,遭了翻腾。人们的脸上开始变得空旷,像新从睡梦里起来,不知道这旋风从什么地方发生,也不知道到什么地方终止,冷冷地相望着,麇集地,奥秘地,猜测着,忙乱地寻找着端绪:

"这是怎么回事呀?"

"怎么回事?谁知道是怎么回事呀?"

"'千里耳'从城里回来……空着驴子回来的……"

"是呀……他见人怎么不说新闻啦!"

"问问他去看……"

于是几个特别关心新闻的人,全去集在"千里耳"的屋子里,院内外也站满着人。今天例外杨德也挤在里面!他担心这新闻对于他的马和未生下来的马驹也许会有些关系。虽然渺茫地只听说日本开来了十万大兵把省城占了,这似乎距他的马、马驹、一垧二亩地还很远。但是他今天也来了,他看着"千里耳"的鼻上今天没架着眼镜,站在炕上,手挥挥摆摆地说着:

"……完了……你们不是看见吗?我空着驴子跑回来的,城里的日本兵全满了。城墙上一个垛口一个兵……一杆日本旗……一个城门口一尊大炮,铁甲车,像秋天青腿子的蛤蟆一样多啊……一个跟着一个连串地跑呀……商家全关门了,门上只留一条缝,我和我的主顾只在门缝里说两句话就赶着驴子跑回来……连个屁也没驮回来……"现在"千里耳"说话也忘了欧洲,也忘了推他的眼镜了。

"省城不是有中国兵吗?我知道城东还有兵工厂呀……为什么不打打,就凭小日本子……这样容易占了吗?……"当过兵的青年农民们,他们是驻过省城,他们也知道省城里有"兵工厂"。他们比别人显得聪明,义愤填膺地叫着。

"还提中国兵哩……将军们全早跑了呀……街上除开日本兵,你连一只中国狗也少见呀!大街像用扫帚扫了一样的光呀!""千里耳"吐了一口唾沫,接着说,"我在欧洲,"——他又提到了欧洲——"也见过攻城,没有一个是这样容易……将军们常常是至死也不跑……"

"将军们莫非全跑净了吗?那他们的太太呢?大楼,汽车,还有马……一定要落在日本子手里了……"

为了仗着别人的声势,杨德也来发言了,他试验想知道,日本子是否也要马。

"……呸!难为你……将军们有的是钱……存在别的地方银行里……这点东西算什么呀……当然日本子是全要啦……"

当过兵的农民,吐了杨德一口:"你就知道马……不用忙啊……几天就来请你的马来了……"

人们很快地笑了一阵。

"兵为什么不自己打呀?"

"将军们有命令不准,他们准备要投降哪!听说有一营兵急眼了,打死他们的营长,轧开库房取出了枪……把日本子打死了好几百,拉出去了……"

杨德开始忧愁了。他诅骂着:

"他们什么什么全要吗?还要马?要马有什么用呢?我的马……是有驹了的……他们赶它去踏地雷吗?那是两条命呀……"

从这时起,他日间再不牵着自己的马在人前经过了。他现在绝端厌恶谁再来称赞他的马,如果有谁这样问他:

"你的马好呀!驹快生了吧?"他会像触了一条蛇似的身上起

着抖动，同时要恶毒地骂着这个人：

"它好……它为什么该不好哇？你坏种，恶鬼……你诅咒它……我的马……它一定平平安安生了驹……"

夜间，他整夜地侧着耳朵倾听着，如果狗叫得过急他就要用脚踢醒他的老婆："死尸……听狗叫得多么急呀……"

老婆从睡梦中被他踢醒，便要颤抖着身子，随他到马房去看马。

马房所有的孔隙他一个也不肯留，用石头压好了门扇。

他摸着马的鼻梁，肚腹，以及平常不大注意的尾巴，现在他把它托在手上，好像在数着每条尾毛的数目。一直到那马又静静地吃着自己的草料，他才肯安心地走出了马房，照样，用石头压好了门扇。也许再加上一块石头或是什么。

一夜他不知道应该几次来看顾他的马，每次那也总是踢醒他的老婆。他常是幻见着一些日本兵已经来到了，拆开他的马房……

"马，马……他们来牵我的马呀………"

一次他从梦中哭着，叫着……一直从屋中跑向了马房……为路中一块他自己预备压房门的石头绊倒了，跌掉了一颗牙齿。当时他并没注意它……直到他在马房里看见了自己的马在墙根睡着，安心回来的时候，才觉得自己的牙齿似乎缺少了一个，同时才觉得疼痛；到老婆点起灯时才发现了嘴周和胸前的血渍……

一九三五年十二月十五日

鴜鹭湖的忧郁

端木蕻良

【关于作家】

端木蕻良（1912—1996），原名曹汉文，后改学名曹京平，辽宁省昌图县人。1932年考入清华大学历史系，其间加入中国左翼作家联盟北平分部，1933年创作长篇小说《科尔沁旗草原》。1936年赴上海，同年成名作《鴜鹭湖的忧郁》发表于王统照主编的《文学》，署名端木蕻良。端木蕻良创作多产而丰富，出版有中、短篇小说集《憎恨》《风陵渡》《江南风景》、长篇小说《科尔沁旗草原》《大地的海》《曹雪芹》等，此外还有多部散文集、话剧、京剧、电影剧本等作品。中华人民共和国成立后主要从事《红楼梦》研究，1996年病逝于北京。

【关于作品】

《鴜鹭湖的忧郁》1936年发表于《文学》第7卷第2期，后收入短篇小说集《憎恨》，1937年由上海文化生活出版社出版。这篇小说一发表，就受到评论家胡风肯定，称其"无疑底是今年创作界底可宝贵的收获"。

　　小说写的是20世纪30年代的东北乡村，一个临近中秋节的晚上，二十三岁的来宝和十六岁的玛瑙在鸳鸯湖边的庄稼地替雇主看青（即看守庄稼——笔者注）、闲聊、抓偷青人的故事。从闲聊中我们得知，玛瑙的爹咳病在身已经干不了活，家里给他定下的媳妇嫌聘礼太少要退婚，他想着明年就能挣到成年劳力的钱，勤快点多做几份工，可以给家里减轻些负担。但眼下的世道这么乱，就是一个整劳力也挣不下几个钱了。来宝听说义勇军要出兵了，玛瑙憧憬着到时人人参加义勇军，赶跑了日本人，家家都有自己的地，也许就好了。年长一些的来宝，却没有那么乐观，他知道地是地主的，到时他们还是替别人看庄稼、收庄稼的命。夜深了，两个人在迷迷糊糊的睡梦中，隐约听到有偷青的声音，来宝追过去就是一顿拳脚，玛瑙赶到赫然发现倒在地上的竟是自己生病的爹。两个年轻人有些无措地看着老人一瘸一拐地走远，在暗沉沉的夜色下，无限的哀怆淹没了玛瑙。第二次被偷青人惊醒，身边的来宝已经不见了。玛瑙一个人大着胆子赶过去，发现是一个瘦弱胆怯的小女孩。女孩的母亲用身体做报偿引走了来宝，给女孩换一点时间偷割豆秸。得知女孩已经失去了父兄，家里只有同样得了咳病的爷爷和守寡的母亲，玛瑙不忍心制止她。小说最后，看着小女孩又急又怕割得还慢，玛瑙夺下镰刀，埋头替她割了起来。

　　这篇小说以极其克制的笔触，书写了20世纪30年代东北沦陷区普通乡民穷苦又无助的生活。就表现形式而言，玛瑙这个十六岁的青少年，既是小说的表现对象，也是小说的视角人物，生活的窘迫与挣扎，就通过玛瑙与来宝、玛瑙和小女孩的两组对话隐约地呈现出来。整个叙事就像鸳鸯湖上弥漫着的暗沉沉的雾气，通过玛瑙的主观体验,笼罩在一片无尽又无望的"忧郁"之中。

一轮红澄澄的月亮,像哭肿了的眼睛似的,升到光辉的铜色的雾里。这雾便热郁地闪着赤光,仿佛是透明的尘土,昏眩地笼在湖面。

一群鸶鹭,伸长了脖颈,刷刷地打着翅膀,绕看田塍边的灌木飞过,大气里又转为沉寂,便是闪着翠蓝色绿玉样小脑袋的"过天青",白天不住地摊开不倦的翅,在水面上来来去去地打胡旋,现在也不见了。只有红色的水蝇,还贴在湿霉腐乱的土皮上,发出嗡嗡的声音来,……有两个人在湖边上。

一个个儿高高的,露着一副阔肩膀,跪下来在湖边上开始铺席子。那一个小一点儿的瘦瘦的,抱着一棵红缨扎枪,在旁立定了向远看,好像要在远远的混浊里,发现出边界来。

"这天气怎么这样的霉……"他微微地附加着一口叹息。

那一个并没搭理,铺好席子,把两手抱住膝头,身子微撼了一下,抬着脖颈来望着月亮。

"快十五了,咱们今天不在窝棚睡了,咱们在这里打地铺,也好看看月亮。"

"这月亮狠忒忒的红!"

"主灾唔!"

"人家说也主兵呢。"

"唔。"

两个人都暂时静默,湖对边弥漫过一阵白森森的浮气来。在深谷里,被稀疏疏的小紫杨围着的小土丘上,闪动着一道游荡的灯光，鬼火似的一刻儿又不见了。

"小心罢，说不定今天晚上有'偷青'① 的呢，警守点，我的鼻子闻得出来。"个儿大一点的说。

"那有什么，吓跑了就完了罢，哪天没有。"

"不成，今天得给他一顿好揍，快八月十五了呢。"

那一个诮讽地："'烧饼'也当不得月饼呵。"

"谁说的，至少也痛快痛快手。"

"……"

小一点的那瘦瘦的，放倒了红缨扎枪，脱下了脚下的湿鞋，凑到席面上来。"雾更大了。"口中喃喃地说，心里像蕴着一种无名目的恐怖，在暗中没有排解地霎闪着一双沉渊的眼睛。

这时月亮已经升起来了，一切的物象都清晰地渐渐地化作灰尘和把握不迭的虚无。暗影在每个物什的空隙偷藏着，凝视着人。那棵夜神样的大紫杨，披下来的黑影，比树身的体积似乎大了一倍，窒息地铺在水面上。一块出水尖石，在巨荫里苍霉的发白。全湖面浸淫着一道无端的绝望的悲感。

"来宝哥，你今年多大了?"小的问着。

"二十三了，不小喽。"那一个一团稚气地答。

"我今年十六，妈说我明年就不拿'半拉子'钱了……"

"你呀，你还是少做一点儿罢，别心贪，这年头儿啥年头，你身子骨儿软出痨病腔子，一辈子的事。"

---

① 与"偷青"相对的，是"看青"。东北的看青制有两种：一种是一些年老或无力的"闲工"，志愿地为某一区内看守青苗，秋收之后则到区内各家讨粮为酬。另一种是大地主自家雇用看青的，因为地面太宽，防范的制度就不能不周密起来，不过大都是由"半工"或年轻的"长工"兼差的。而一般小农、自耕农，因为地面小，容易照顾，而且偷青的人对于他们的命运如有同感，所以看青的事倒反而少了。

"可是怎办呢,爹老了,去年讨了三副力母丸也不见好……我要讲年造一年赚一百呢,就活变开了。"

"你是讲得出去呢,不用说你,就我呗,这年头儿没有人要,谁家敢说出一百块钱要人,到上秋粮食打出一百块钱了吗?……何况你又瘦瘦的……"

"我勤俭点呵,多出点活呵。"

"哎,就别管明儿个,'到哪河,脱哪儿鞋'……呃,可是偷了酒来了,你喝吗?好酒呢!"他从裤腰底下掏摸了半天,掏出一只"酒闷"来,又是一卷儿干豆腐。

小的寂寞地摇了摇头,看着他吃着。

"可是,玛瑙,我忘记告诉了你,就要好了呢,听说小×到×京合作去了,就要出兵了,这回是真的,不是骗傻子了,说是给义勇军下了密令,从鞋底带来的,所以一过关,现在身上都不检查了,就检查鞋底,说是让义勇军们先干……"

"来宝哥,咱们也当义勇军去好不好?"

"那还用说,到那时谁都得去,不是中国人吗?"

瘦一点儿的玛瑙沉在沉思里。

"那时我们就有地了吗?"

"地还是归地主的,可是粮食值钱了,人有人要了呵!"

"我都知道——"玛瑙又叹息,"咱们没好,咱们不会好的!"

"你妈要给你娶媳妇了吗?"来宝没头没脑地插进来。

玛瑙红红脸没作声。

"你吃干豆腐吧,我吃不了……娶个媳妇,好像买一条牲口,你爹也好'交边'了,享享福,刚才我在湖边儿看见了他,哎,驼得两头都扣一头了。"

89

"可是娶媳妇也得钱哪,我妈给两块布,那边不答应,说这年头女的值钱,要不是从小订的,现在都想不给了。"

"喽,这年头,他妈糊涂,兵荒马乱,大姑娘放在家……哼,你吃干豆腐呵,我吃不了。"

"我爹每天晚上咳嗽,半夜妈还得起来烧遍水,得用热水往下压呀……"

"哎……咱们睡吧,半夜还得起来打偷青的呢。"

来宝把那只扎枪放在两人中间,便掀开一双破棉絮来盖了。"你不睡吗?"来宝伸出脑袋来问。

瘦瘦的默默地不作声,扯开棉絮的一角也睡下了。

远远的村庄里,有一下狗叫声,旋即静灭。

雾现在已经封合了。另有一道白色的扰混的奶气似的雾露还一卷一卷地卷起来,绕着前边的芦苇,湿冷腻滞地在水面围成几乎看不见的水玻璃球。然后又兀自摊成一层黏雾,泛着白气,渐渐地,又与上层的黄雾同化在一起。透着月光,闪着一廓茫无涯际的空洞洞的光。

"来宝哥,你说出兵,是在八月十五吗?像杀鞑子似的?"

"……"

"来宝哥,你方才看见我爹了吗?"

"……"

"你睡着了吗?……好大觉……"

"……"那边骨啾啾地翻了个身。

"来宝哥……"

"……"

黑暗里一双绝望的眼睛向空无里张着。

雾更浓了，对面已经看不清人了。

湖边上的两个睡得很熟。沿着他们身后是一垄一垄的豆秸，豆叶儿早已生机殆尽，包在豆荚里边的豆粒儿也都成熟了，只静静立在那儿，等着人去打割。"豆哥哥"碰着这样的月夜，也想不起来叫，因为湿气太重，薄纱样的"镜鞍"，仿佛都滞住了。

干枯的豆叶，花棱花棱地响了一阵，一会儿又静下来。

玛瑙梦中发着呓语："不要打我呵……下次再不敢了……呵……不要打我的腰呵……不……"一只带着花白的骨针的刺猬猬，盲目地在他身边嗅着，听见他的嚷声，便畏缩地逃回豆地里去。

豆叶响动声一刻一刻地大起来了，方才的那只刺猬猬，已经无影无踪。

终于有割豆秸的声音沙沙地传出来。

玛瑙打个喷嚏，醒转来，把耳朵贴在大地上听着，是镰刀声，豆秸倒地声，放铺声，脚步声……他的眼睛在暗中睁大起来，怀疑地向着月亮看了一眼，大概想看出现在是什么时光来。

他把手向来宝一推，"有人了！"声音几乎低到听不见。他又推了他一把，来宝蒙头涨脸地坐起来，向他摆手，然后把耳朵贴在地上。"在'抹牛地'那边！"他狡猾地笑了一笑，"一阵好揍！"

"捉他？"

"捉！一定的，月饼！"

于是两个人悄手悄脚地爬起，向抹牛地那边包抄过来。两人都佝偻着腰，怕让那偷青贼看见，事先逃逸了。玛瑙抖抖身子也钻进豆丛里去，心想："妈的，活该这贼倒霉，大过节的，一顿胖揍！"手里使劲地握住了红缨扎枪。

雾很沉的，两个人都不能辨别自己的伙伴儿在哪里，只有在豆叶的微动里，觉察出对方来，来宝以纯熟的经验，按照一个直线，到达抹牛地了。他将拳头抱紧，如同一只伏在草丛里等着他的弋获物走来的猛狮一般，两眼睁大，略微停一停，向着红雾里望去。

玛瑙心里十分沉阴，看着混沌的雾气，像一块郁结的血饼样地向自己掷来，不由得心头一阵冷悸……

忽地，"噢"一声惨叫，一件东西沉重地跌倒了，来宝早已和那人扭在一起。

"老东西，这是你家的！"来宝气喘吁吁地一边揪打着一边骂着，"这回老杂毛，你再叫！"他死死地揪住那偷青贼的脖子。

"爹爹！爹爹！"玛瑙一阵狂喊，也扑滚到地上的两人身上去。

来宝怔了一怔，揩着眼睛："呵……"

躺在地上的老人，脸上罩着一层灰白色的惨雾，喉咙被痰拥塞，粗鲁地喘气。脸上有一道污血涔涔地淌下来。

两个青年都失措的，不知道怎么办是好。

老人用仇视的眼光狠毒地望着他们，挣扎地站起来。虽然他的腰是驼到无可再驼了，但还可以断定年青时他定是一个顽固而强健的农夫，至少三十年前他也是个"头把刀"的"打头的"。

"马老爷，马老爷……"来宝讷讷的嘴里不知道说些个什么。

老人向前一跳，拾起来地上的镰刀和一条麻绳，回头用眼向他们咒视了一下，便一高一低地走了。

两个默默地走回湖边来。

"你睡吧，我不要睡了。"来宝生气地说，他又抱起了膝头。

"你看不起我爹吗?"

"胡说,你睡吧!"宽宽的肩膀动了一下。

"我……我不成噢,我要挣得多呢……"

"你挣得多又怎样呢,能使穷人都好了吗……"来宝轻蔑地用鼻子哼他。

"爹……咳,老了!"

"老! 老头子成呢!"

"成?"

"那当然!"来宝又咕哝着说了一些什么。

玛瑙忧郁地倒在席上,一种无极的哀怆淹没了他。疲惫的脑筋开始有点麻痹,他觉着一切自主的有机的力量都从身上失去,凡是有生命的都统统失去。眼前只是一片荒凉的所在,没有希望,没有拯救,从涨痛的呜呜的耳鸣里,只传出一声缠绵不断的绝望的惨叫。

辗转一会的工夫,他便被精神的疲倦,带入一道无比的伤痛与睡眠混和的深渊里,昏噩沉浑地失去了知觉。

一觉醒来他又听见有人低语声,似乎离得很远。他想又来偷青的了,来宝不是没有睡吗,难道可怜的爹又回来了?……他连忙地清醒过来……来宝已经不在他身边了。

月亮像一个炙热的火球,微微地动荡,在西边的天幕上。大概距离早晨已经不太远了……远方有鬼魂样鸡声在叫着。

"来罢,小伙子……害羞吗?……来!……"

玛瑙听不出声音在哪边来的。

"你打我,好,打我的奶子好了……哎哟,小畜生! 一会儿你就知道我的好处了……来罢,那边……"

玛瑙茫然地不能索解，只是下意识地袭来一股羞辱与不可知的恐怖。而方才不久听到的那同样的镰刀声，豆秸倒地声，放铺声，脚步声……同样的急切，同样的烦躁，又在不远的地头上出现了。玛瑙的惊惧是可以想见的，他想只要是来宝在这里就好。他乍着胆子，手里本能地捏住了红缨扎枪，冲着割刈声传来的方向赶去。

他生手生脚的，心头忐忑地跳着，幻想出前面是一个络腮胡子的大汉子，举起闪电样的镰刀，照准自己的头顶劈来，他几乎叫出。这时他想退回去找来宝，可是来宝已经不见了，后边也是一片黑魆成黄腾腾的空虚……

"谁！"玛瑙向前大喝一声，声音里抑不住有点颤抖。他这叫声与其说是要吓退对面的敌人，还不如说是想提高自己的胆子。

当前一个孱弱的小姑娘吓得倒退了起来，一手举着镰刀。

"你还不快跑，你偷青……呵？"玛瑙看清了他的对手是个发抖的小野兽似的小人物，他突地壮起了胆子，只是奇怪她为什么还不快跑。

"你这点小东西，就敢偷！"

"我妈——妈不是和——你说好了吗？"伊很怕，瑟缩在一团，还举着镰刀，话语说出来一个字一个字都在沉闷的热郁里塞住了……

玛瑙不知是为了自己的好奇，还是为了使可怜的对方破除害怕，声音不由得缓和下来。

"你妈——是谁呢？"

"我妈，你你没见着吗？"那小女孩全体抖着，又复陷入一种剧烈的痉挛里，伊以为一切都完了，她妈没有和他讲好……

"呃……我们是两个人，你妈也许跟那个人讲好……喂喂，你不要怕，我不知道，我睡觉了……"

小女孩惶悚的小鸡样地向他疑惑地看了一眼，把举起来的镰刀迟钝地放下来。

玛瑙心里出奇地难受，他很想哭起来。

小女孩机械地又转过身去割起豆荚来了，戒备的用眼光在眼角上向这男人溜着。

"你有爹吗？"玛瑙昏乱地问着她，不知应该如何来应付他的小贼。

女孩儿摇摇头，依然吃力地割着。她的小手握着那豆秸是那样的费劲，那样的迟慢，一刀一刀不自然地割着。

"有爷爷吗？"

"爷爷咳嗽呢，爷爷说他就要死了。"

"咳嗽！"

"唔，到晚上就厉害了"

"你妈晚上起来给烧水吗？"

"烧水？"

"呵，烧水，压咳嗽。"

"不，我妈没工夫。"

"你妈干啥忙呵？"

"偷豆秸啊。"

"要不偷豆秸呢？"

"也忙。"小女孩轻轻地呼出一口气来，大概她是叹息着自己的无力，她割了那么半天，还不够个大人一刀挥下来的那么多。可是她还是毫不倦怠地割着，好像割着就是她的生命里的一切。

"你妈现在在哪里呀？"玛瑙陷入不解的懊恼里。

小女孩全身微微地一震，在嗓子里鸣噜着："我不知道。"

"那你怎敢一个人来偷呢？"

"我妈说，她一咳嗽，我就割，那就是她说好了……"

"唔……你妈……"他沉吟地落在思索里，"你不害怕吗？这混沌沌的天，对面不见影儿……"

"……"她回过头来看他一下，眼睛里闪着黑光，全身都更缩小了一点。

"你有哥哥吗？"

女孩儿悲惨地摇了一下头。

"弟弟？"

女孩无声叹息着。

玛瑙向四外无告地望了一眼，月亮已经西沉了，白茫茫的大雾带着刺鼻的涩臭，慢慢地摊成棉毡，为着破晓的冷气的蔓延，开始凝结起来。大的分子黏和着小的分子，成为雏形的露珠向下降低了。远远的芦苇，深谷，大树，朦胧里现出粗拙的无定色的庞大的块和紊乱的不安的线条。鸡声又叫了，宛然是一只冤死的孤魂无力地呼喊……

小女孩手出血了，在衣上擦着，又弯下身来割。

"你有家吗？……"

"唉……"小女孩挺挺腰，喘口气，她的肋骨完全酸痛，一根一根的，要在她的小小的胸脯上裂开弹去。"求求你，你不要问我话了……"她恐惧地向后偷看一眼，想辨明是否因这话而得罪了他。"我割得太少了……我妈就要来了……该打我了……"最后的理由她吞吐地说出。此刻伊完全为恐怖所占有……

玛瑙无神地俯下身来，拾起落在地上的红缨扎枪，木然地向后退去……心头像铅块一样的沉重。

雾的浪潮，一片闷嘟嘟的窒人死命的毒气似的，在凄惨的大地上浮着，包育着浊热，恶瘴，动荡不停。上面已经稀薄，显出无比的旷敞，空无所有。

月还是红澄澄的，可是已经透着萎靡的苍白。

他一个人踽踽地向前走着，脚下不知踏着什么东西……走出约有二十步的光景，他又顿然停住了，然后大步地转回来……

小女孩看他走过来，触电样的向后一退，神经质地辩诉着："我割得不多呀，我割得不多呀，我……再让我割一点吧……我妈就要来了呵……"

玛瑙一声不响地从她手里将镰刀莽撞地夺下来，替她割着。

……

远远的鸡声愤怒地叫着，天就要破晓。

……

爷爷为什么不吃高粱米粥
——百哀图之一

端木蕻良

【关于作品】

《爷爷为什么不吃高粱米粥——百哀图之一》1936年发表于《作家》第2卷第1期，后收入短篇小说集《憎恨》，1937年由上海文化生活出版社出版。

这篇小说是端木蕻良"百哀图"系列小说的第一篇，写的是九一八事变五周年这一天的早晨，在东北沦陷区的一户普通人家一顿早饭间发生的故事。叙事通过"小弟弟"的视角呈现出来：饭桌上，小弟弟发现爷爷一口也没有吃香喷喷的高粱米粥，他很疑惑地问哥哥为什么，哥哥摇摇头没有回答。接着妈妈进来劝爷爷吃两口，爷爷依然没有吃。小弟弟通过"侦察"还发现了妈妈不知道什么时候揉红的眼圈儿和刚刚爷爷背着妈妈偷偷擦去的眼泪。这一天早上，大人都怎么了，小弟弟不知道。马老师来了，在爷爷和马老师的谈话中，我们才隐约听出来：五年前的这一天，日本关东军悍然向沈阳"北大营"发起攻击，小弟弟的爹死在了"北大营"兵工厂，之后东北全境沦陷。"遗民泪尽胡尘里，南望王师又一年"，五年过去了，沦陷区的人们依旧活在亡国的屈辱和困顿中，马老师因为不愿教日本人的教材奴化中国孩子，家里早已断顿。活着那么艰难，说着应该向伯夷叔齐学习"不食周粟"的马老师，惭愧地吃着小弟弟妈妈盛满的高粱米粥。越来越没有希望，或许很快连"想食周粟"都不能了，小弟弟家的米缸里也只剩下八升米。马老师哽咽着哀诉："统统饿死，大小孩芽，统统饿死！"这时听了半天的小弟弟，并没有听明白"爷爷为什么不吃高粱米粥"，跟着小哥哥去屋外玩，九岁的哥哥说"爹爹死在东洋人手里，我们将来也得死在东洋人的手里"，六岁的小弟弟在懵懂中陷入无边的恐惧。小说就此结束。

这篇小说选择了一个极简单和日常的"吃早饭"场景，借助六岁小弟弟的困惑——"爷爷为什么不吃高粱米粥"展开叙事。一碗普普通通的高粱米粥，既是东北地区一日三餐的主食，也暗喻了沦陷后东北人民被战争毁掉的日常生活。围绕"高粱米粥"，作品设计了许多有意味的细节，比如小说写到，当南京的达官显贵依旧锦衣玉食、纸醉金迷的时候，当关内的人们在"九一八"这天或真诚或矫情地吃一点"高粱米"以示不忘国耻的时候，身处沦陷区的很多东北家庭已经连一口高粱粥都吃不上了。再进一步细读，我们还可以发现，在这篇以"小弟弟"为视角的作品里，不仅有女人的眼泪、老人的悲鸣，还包含了一个天真懵懂的稚子遭遇残酷的生存真相，在无边的恐惧中一步步艰难成长的故事。

"南望王师"一年又一年,多少人在无尽地企盼和等待,多少家庭在日甚一日的困顿中苦熬,多少孩子在死亡的恐惧中哀泣!这篇文末备注"为纪念'九一八'五周年而作"的小说,批判之深、伤痛之切,力透纸背。

  豆青碗里闪着红盈盈的油光,高粱米粥的热气向上不住地绕旋,有一股关东草原所特产的香气透出……小弟弟的小眼珠鼓溜溜地注视在热气的花纹上,觉着非常有趣。

  ……爷爷用右手拿起了筷子,平端着举过额头,用左手的食指中指仪式地向筷子的另一端微微一抚,眼光略略一闭,便推开碗,不吃了。

  爷爷不吃饭了。

  大孩子向小弟弟拱嘴。

  小弟弟接到了暗示,便提出了好奇的询问。

  爷爷为什么不吃高粱米粥……瞪着小眼睛等着哥哥的解答。

  哥哥犹疑了一下,便淡淡地摇摇头。

  不知道。

  小孩子生气了,埋怨哥哥的呆笨,恨不得自己马上长成哥哥那般大,好对这个变异,发出充分的理解……哥哥似乎一点也不努力去求理解,他虽然今年才九岁,但对什么都如同已经看惯了似的,对一切都缺乏一点儿应有的兴趣。……对祖父也好像不吃就不吃呗……不再去想了。

  比哥哥小了三岁的小弟弟立刻感到孤独,竭力地做出想而不能想通的十分吃力的样子,以激发哥哥的同情,使哥哥为了满足小弟弟求知的愿望，而决心地去搜寻出一个满意的结论来。

但是……不，哥哥是毫无表情的样子在那儿坐着，而且准备吃粥了。

小弟弟失去了援助的小眼睛一会儿向爷爷望望，一会儿向哥哥望望。

爷爷的牙口是好的，而且爷爷还说，能让吃一辈子老高粱米子儿，也就心满意足了……为什么现在爷爷不吃了呢？有病了吗？爷爷大清早起，还到甸子上溜达好半天呢？说是散散浊气，回来和妈妈好好地说话，没有什么病的样子呣……小小的心不能想通了，便滴溜溜地用眼珠儿望着，想在某个机会里找寻出缺罅来。

妈妈擦着手进来，小弟弟果然在不断的侦察中发现了母亲眼圈儿的揉红来……妈妈一定哭了。倘若昨天晚上不睡得那样沉，一定会偷听出妈妈为什么饮着声哭泣来，该多好，……由于这些早熟的求知欲的牵扯，他突然地对于目前的高粱米粥热腾腾的香气也失去了兴味，吃得不起劲了。

妈妈发现了，爷爷碗里的粥完全没有动筷，脸上一红，便局促地抱歉起来。

"爹，嫌恶硬吗？……我再熬熬去。"自己想也许我糊涂到没尝生熟就舀出来了……伊的心情的确有点恍惚……

爷爷静静地分辩着，母亲已将一部分预备给老人吃的粥端到外屋去了。

小弟弟为了证实妈妈话里的正确性，开始仔细地咀嚼起来，又软又香甜，还是妈妈熬的出色的好粥……但是，爷爷为什么不吃呢？看样子，就是妈妈也没有能知道，于是便不再向哥哥身上做打算了，低下头来闷闷地吃着，从不失落机会地时时向祖父偷看一眼。

"翠儿，你不要烧了，光费柴火，我不想吃了，心口一早起觉着有点儿胀胀的，空空也许好一点儿……"

爷爷向外屋妈妈说明了原因，但偷偷地却在雪白的睫毛底下揩着急剧滚出的老泪……妈妈进来了，爷爷立刻装出若无其事的微笑。

妈妈似乎有点为难的样子，想了一会儿。

"爹，还有点'糊米'。爹，您心口胀，吃点糊米吧，不吃心里空，到下半天又该心跳了。"

老人坚决地摇着头："不，我不想吃了，我今天一天都不想吃了。"

妈妈似乎看明了一件可怕的悲惨，陡然地脸上变白了，但又悄悄地恢复了慈和的笑容。

"爹，等会儿吃也好，回头到马老师那儿散散心，也就该煮好了……糊米是没伤的。"

"不，你不用煮了，我要吃时，我自会告诉的，不要妄费了柴火……"

妈妈不言语了，坐到桌子上吃饭。分明是勉强吃着，如同一个病人为了要求病好，闭着眼睛吞药似的。她吃了半碗，又虚式地在盆里盛饭，实际上还是那半碗，小弟弟看得分明。

妈妈为什么也吃不进饭去呢……难道妈妈也心口胀吗？而且妈妈昨夜里还哭……爷爷说的也不是真话……他越想越不能明白了。

爷爷竭力保持住一分儿镇静，不想动作，不想说话……但就这样难堪的静默也已败露出他所隐藏的是属于悲痛的一些什么了，但小弟弟的小脑袋，现在已经弄得热烘烘的……而且凭他小小的人生经验，根本也和悲痛离得太远……

马老师来了，妈妈迎出去问好。

"老师用过饭没有，在这里吃一点吧，陪爷爷说说话……"

"刚刚用过，刚刚用过，好香的饭香，真香……我刚刚用过，刚刚用过……你们饭吃得这么早！"

妈妈忙着预备碗筷，一看桌上没有菜，只有一盘咸盐豆，不由得一阵心酸，当着客人面前吃咸盐豆，还要请客人吃咸盐豆，算什么呢……伊想起酱缸里还有两条酱瓜子……伊逢了救星……脸上的红云渐渐地落下来……青春要强的心又鼓起来了。

"我刚刚用过……这饭，好粥好粥，透亮奔儿似的……所谓新熟麦饭满村香者，此之谓乎……老爷子，你……唉，有福气，百善孝为先呵……老年人有啥盼望，就是一个孝顺，一呼百诺，唉，老年人……你老这样软和的粥，今天早起吃几碗？"他说着向那红艳艳的粥斜睨了一眼。

老人露出腼腆的苦笑，不愿人家知道他内心虔洁的秘密。

"我想至少也能吃三碗，三碗，你真的吃三碗？"马老师瞅着老人，又打量着他眼前盛得的没有动筷的粥，非常羡慕，很有些跃跃欲试的样子。

可惜没有老人家的邀请，不好下箸，于是颇有些愤愤了。

"我刚刚用过，刚刚用过……可是你知道今天是什么日子？唉，唉，你一定不会知道的……这也难怪，第一，不懂得阳历；第二，唉，没读过书，读书是第一要紧事，天子重英豪，文章教尔曹，万般皆下品，唯有读书高！唯有读书高！"马老师一唱三叹地发出议论来，然后又用考学童的口吻问道，"你知道今天是什么日子？唉，实在说，我们每个中国人都应该知道，其奈众生浑浑噩噩何！众生皆醉我独醒，苦哉，苦哉！……居然忘记了今天是什么日子？唉唉！真是……"

小的孩子神经质地透出喜悦，希望祖父赶快地回答，能够多快就多快，因为这样，这一个谜底立刻就被揭破了，于是警戒地用小脚向哥哥暗地碰了一下：

留意啊，爷爷就要说出为什么了。

大孩子，才九岁，就学会了对于万事万物的灰心，还不在意地低着头吃粥。

小弟弟眼巴巴地望着爷爷，期待着。

马老师不客气地在老人的脸上画着问号。

"你知道？"

祖父把眼睛沉沉地一闭，似乎想把热涌的眼泪固执地逼回去，然后透出一个苦笑。

"我怎能忘记呢……孩子们的爹是哪一天死的，翠儿的丈夫是哪一天死的，我的独生儿子是哪一天死的！"

小弟弟想，怎么会死了这许多？

祖父黯然地点一点头，然后无气力地说："我怎能忘记呢，我们哪一天失去了土地，哪一天做了亡国奴，哪一天没有饭吃……铁儿要不死在北大营，如今，五年了，凭他的手艺，技正总可以熬得上的吧。那一天，北大营的兵退了，兵工厂的工人，被日本人占了之后，一个也没留，连尸首都找不着……我能忘记吗？到我，唉……到我死了之后，做鬼也休想忘记啊……我怎能不知道呢！"

马老师从脚趾到发梢都充满了惭愧，多么沉痛庄严的感情呵……他很想夹着尾巴逃跑。

但是翠儿进来了,手里端着一盘切得精细的酱瓜子。

爷爷赶忙不言语了,嘴角上归拢起劝客的微笑。

媳妇在旁也帮着说:"马老师,吃一点酱瓜子下饭吧,那豆子老师是吃不得的。"

"豆子也是一样吃的,……俎豆馨香……难得你这样贤惠,我刚刚用过,刚刚用过。"

"老师吃一点,陪着爷爷吃一点,爷爷今早……"

"爷爷一清早就吃了三大碗粥,真是,唉……"马老师抢着接了下来,"难得你这样贤惠,熬得这样好粥,我总得尝一尝,可惜我刚刚用过,刚刚用过。"

"老师,总得尝一尝,他们年轻人好胜,老师不是外人……又有酱瓜子……"老人也劝。

"那样?那么……唔。"

于是碗筷齐鸣了,不是喝粥,是粥自身向喉咙里流了。一碗,再来一碗……

"也得凑上老爷子的数才对,年轻人不能比年老人吃得少了……唉唉,这粥真香,我好多日子没有吃过这样的好粥了。"粥下到空肚子里又充实又温暖,于是马老师的议论风生了。"……唉唉,实际上,'九一八',我们,亡省奴,你知道,从前,在周朝,你不知道,哎,这就是不读书人的苦楚,有个伯夷、叔齐,他俩因为让天下,跑到周,后来武王伐纣,他们觉得以暴易暴,不知其非,所以立志不食周粟,你想想,多么高洁,当今天下可有一个伯夷、叔齐?……其实,我们亡省奴,就应该不食周粟,不吃高粱米粥!"

老人像挨了暗箭似的痉挛了一下。

"不食周粟，有几个！"

"……"

"没有。"

又稀里糊拉喝粥："不食周粟，现在天下也是以暴易暴，而且明知其非而故为之，而我怎样，而我还是吃高粱米粥，而且已经喝了三碗，铁儿媳妇再给我盛一碗。"

小弟弟听了半天的鬼话，现在才知道也和吃高粱米粥有关，便瞪起小眼睛，仔细听下去……分明是不吃高粱米粥，为什么还吃高粱米粥呢？

"可是我有什么办法呢，事变之前我还管几个学生，一分束脩总算够我吃穿了，葛天氏之民欤，无怀氏之民欤！可是，事变之后，就因为我不宣传王道，我我……你想想，我总算是大成至圣先师的门徒啊……我能做夷狄的走狗吗？倭奴，倭小西，倭奴！"

马老师现在像啜酒似的啜着粥，肚子胀得鼓鼓的。"道不行，乘桴浮于海，古之人也，现在海也在东洋人手里了，什么'大连丸''青岛丸'的，在海面上摆满了，还有军舰，有什么办法呢……贱内叫我随和一点吧，随便胡诌几句也就罢了……可是一个是倭奴，一个是鞑虏……我，我总算是大成至圣先师的门徒呵，这一领青衫怎能辱没先人呢，……唉唉……吾其为东周乎……"马老师眼睛不由得湿润起来，然后哀然地念道，"遗民泪尽胡尘里，南望王师又一年！"他觉着这句子里，有血，有泪，有骨气，他每念到这里都不禁地怆然泪下……

他梦魇似的喃喃着："南望……南京，唉，南京……又一年！"于是一点动作和声音都没有了。粥的暖气和充实已经通过了他的全身。在长久的饥饿被饱食赶跑了的当儿,人们照例地是袭来一阵疲倦的。马老师轻适地舒展了一下身子,为了做惯了八股文章、前后呼应的习惯,不暇细思的,就向前回应了一笔。

"唉,唉,我刚刚用过,刚刚用过,又吃了这些,实在是粥……太香了的缘故,嘿嘿,刚刚用过……"

这个不太细腻的"转承"使爷爷感到一种痛心的哀悯,他想大米箱里还有八升米,回头叫翠儿送给老师三升去吧……老人不敢再想了,这三升米他吃完了,或者这五升米我们吃完了呢……他不去想了……这些都是永远得不着结论的问题……

小弟弟现在越发糊涂了,哥哥根本就没有去听,他只梦游病患者似的呆坐着。

小弟弟想,为什么爷爷又记起死了一大堆的人呢,这和不吃高粱米粥离得多么远哪……

妈妈过来收拾桌子,看着爷爷的粥连嘴唇都没沾,便说:"爷爷还想吃吗?"连忙又吞住了。因为伊似乎觉察出爷爷不愿让任何人知道他的秘密,而况马老师还口口声声地认定爷爷吃过三大碗了呢……

"都捡下去!"爷爷严厉地说。

妈妈把碗筷都拾到外屋去了。

"你想想!"祖父又凄然地向外屋窥视了一眼,才悄声地对着马老师说,"儿子死了五年了,翠儿还一心守着,我只拿她当自己女儿看待,所以叫翠儿,好免去呼唤铁儿的名字,引起伤心……可是,孩子们这样小,我又朝不保夕,看我头发全白了……这结局该多么凄凉呵……"爷爷又向会"学舌"的小弟弟看了一眼,断定这番话他会对妈妈去讲的,便不再想说了。

"唉唉……"马老师同情地咳叹着,然后抬起激怒的眼睛将拳头向桌上一击,"唉,南望王师又一年!"

于是昂起的头颅渐渐地沉下去:"夫伯夷、叔齐,不过是迂儒之行也,然而也是一大叛逆,而今普天下,求一伯夷、叔齐,亦不可得,可不哀哉!"他的头垂得更沉了,声音也变成了虚幻。

爷爷刚刚遗忘的,现在又被他提起了。他怀着一个渺小的偷儿在听人家讲述江洋大盗的心情一样,一边怀着不可告人的恐惧,一边又激动着对于和自己有相同的命运的大人物的好奇的理解。终于后者战胜了前者,他怯怯地问道:

"伯夷?叔齐?后来……怎样了呢?"

马老师向他不解地看了一眼。

"后来……唔,饿死了……!"

就好像一个大烙铁,致命的一击打在爷爷的头上,爷爷挣扎了老半天,才勉强地坐住。他微微地睁开眼睛看看,眼前还是一片黑,混着恶浊的金星。

耳朵嗡嗡的,听着马老师自言自语地说着。

"不食周粟,不食周粟,可是想食周粟亦不可得,噢,……统统饿死,统统饿死,大小孩芽,统统饿死!"

屋里静止在哽塞中。

"……"

"据说关里的学生,在这一天都一律吃高粱米……唉唉,我们则无高粱米可吃,真是一个苦嘲呵,他们有的嫌恶高粱米太粗太硬,不能下咽,那天不吃东西,等明天早起四点钟就爬起来到菜馆去吃大菜,这叫什么,叫绝食救国!叫绝食救国!你绝过食救国吗?"马老师仰起头来问。

老人挨了一针似的，向后退缩地坐了一坐。

"唉，"马老师苦笑了一下，"从此之后，你不绝食也不成了……老爷子，实不相瞒，我就绝食三天了，今天到你老这里才算吃了一顿饱饭……老爷子，我们没有伯夷、叔齐的志气的人，也得有伯夷、叔齐的行径了……"马老师在喉咙里呜咽着了。

小弟弟听到了这里便抬起了鼓溜溜的一对小黑眼珠说："爷爷今天早起也没有吃一点粥！"

爷爷怒目地注视着他制止着，可是已经来不及了。

马老师惶惑地抬起眼来疑问地问着：

"真的？"

"唉唉，小孩子，唉唉，哪里，哪里——"

马老师木然得无语了。

"难得你——"

老人沉在沉思里。

老半天的，他才恳切地祈问着：

"是在死人的忌日里，阳间人分内不动的东西，他可以得到吗？唉，……上供，烧纸，我知道都是白扯！"

马老师愚昧地看他一眼，茫然地答道：

"也许吧。"

老人的脸上立刻浮出一层胜利的光辉，慰抚地笑了。

小弟弟颇为失望，听他们谈了半天，爷爷为什么不吃高粱米粥？依然没有得到解答，于是懒懒地拉了哥哥一下：

"我们玩去吧。"

哥哥顺从地跟他走出。

"你听他们说的什么吗？"

"没听见。"哥哥说。

"爷爷为什么不吃高粱米粥呢?"

"唔……我想是东洋人在米里边下了毒药,爷爷怕药死,人家说连井里都抛了毒药了呢!"

"那么我们吃了粥的不都药死了吗?"

"那还用说。"

"哥哥,我不想死!"

"哼,你逃得出去吗?早晚我们也得死在东洋人的手里,爹爹就是的。"

"哥哥,我们也有爹吗?"

"你没爹,是石头疙瘩崩的,爹爹死在东洋人的手里。我们将来也得死在东洋人的手里。"

"哥哥,我不情愿……"

"可是怎能逃得出去呢……"

"一定死?哥哥?"

"唔……"

小弟弟的一对明澈的小眼珠里弥漫出求救的热泪来。

"哥哥……"

哥哥无理解地玩着泥土。

他淡淡地说:

"这是我们的土!可是……"

"哥哥,我怕,找找妈妈去。"

他急速地踏进黑忽忽的外屋地下,便听见一股奇异的抽噎声,由于小孩子的神秘的夸张,他的害怕便扩大了。他几乎要叫出。

等到他辨认出抽噎的是妈妈时,他便一纵身,扑在妈妈的身上,大声地号啕起来了。

妈妈问是不是哥哥欺负他?他也不答。

妈妈问是狗咬了?他也不答。

终于哭倦了,在妈妈的怀里睡着了。

在梦中他悚然地一跳,睁开小眼睛,问道:

"爷爷为什么不吃高粱米粥?"然后又睡着了。

有两颗大的泪水从妈妈的眼上落到他的小颊上,和他的细小的泪汇合在一起,向下流去。

"统统饿死。想吃也吃不成的,想吃也吃不成的!"里屋传出马老师激怒的声音。

为纪念"九一八"五周年而作

没有祖国的孩子

舒群

【关于作家】

舒群（1913—1989），原名李书堂，满族人，生于黑龙江一个底层工人家庭。少年时因家贫求学时断时续，1927年，曾进入中东铁路苏联子弟第十一中学就读一年，受老师影响接触到高尔基等苏联作家的文学作品。1931年开始在《哈尔滨新报》副刊《新潮》发表文学作品。1935年，从沦陷的东北辗转青岛流亡到上海，同年加入"左联"。1936年，成名作《没有祖国的孩子》发表于《文学》，署笔名舒群，后收入同名小说集。此后，又陆续出版中短篇小说集《战地》《海的彼岸》《老兵》，以及长篇小说《这一代人》、长诗《别了故乡》等。

【关于作品】

《没有祖国的孩子》1936年发表于《文学》第6卷第5期，后收入同名小说集，同年由上海生活书店出版。这篇小说一经发表很快就被改编成话剧,在各地排练上演,是20世纪30年代引起广泛关注的"国防文学"代表作。

  小说写的是"九一八"东北沦陷前后,在哈尔滨的中东铁路苏联子弟中学里,中国、朝鲜、苏联三个不同国家的孩子——"我""果里""果里沙"的一段交往历程,主要写了朝鲜孩子"果里"失去祖国、孤苦无依的悲惨遭遇。故事从中国少年"我"的视角展开叙述。17岁的"我"在学校的苏联名字叫果瓦列夫,15岁的朝鲜少年果里在学校附近给人放牛,常给大家捎买东西、采摘野花,大家都很喜欢他。果里渴望上学,但自我优越感强烈的苏联学生果里沙认为他是亡国奴,是懦弱的高丽人,早已忘记了自己的国家,不配上学。果里的哥哥也不同意他上学,他们的爸爸当年在高丽因为领导工人反抗被枪杀了,母亲不愿让兄弟俩过"猪一样的生活",把他们送到中国来,果里和哥哥除了养活自己每月还要给妈妈寄钱,他们已经没有余力供果里上学。哥哥说"不像你们中国人还有国,我们连家也没有了",听了这句话,"我"每天望着祖国的旗慢慢升到旗杆顶点,开始更深切地感受到有国有家的幸福。然而,九一八事变之后,在东北的土地上,"我"也成了没有祖国的孩子,因为有苏联学校的庇护,"我"暂时还算安全,流亡的果里兄弟却被日本人抓去挖沟壕,遭受肆意殴打、欺凌。有一天,他们兄弟得知要被押到远方去,果里找"我"借走了一把切面包的长尖刀。不久,我们听说班里转来了新同学,是果里。被押送途中他伺机杀死了一个"魔鬼"日本兵逃回来,在苏多瓦老师家养好了伤,现在和我们一起上课。果里勇敢的反抗行为让苏联同学果里沙刮目相看,我们三个人成了形影不离的好朋友。随着战争局势恶化,这所苏联学校也要关闭了,苏联的同学们全部回国,"我"和果里打算一起离开被日本人占领的东北辗转去关内。最后,在下船时果里不幸被搜查的"魔鬼"日本兵抓到了,为了保护"我",果里大声地说:"我是高丽人,他不是的。"小说到此结束。

这篇小说容纳了复杂的叙事和主题。首先,"没有祖国的孩子"讲的是高丽少年果里的故事。这个像牛一样温和善良的男孩,在高丽被日本侵略者占领后,流亡到中国,因为失去了祖国的庇护,屡遭别国同学的嘲笑欺负,更受到"魔鬼"日本兵的肆意殴打虐待。通过这一层叙事,作品痛切地写出了亡国的弱小民族被侮辱与被损害的悲惨境遇。其次,这又是"我",一个中国少年果瓦列夫的故事,"我"也经历了东北沦陷,在自己的故乡成了"没有祖国的孩子"。从这个意义说,果里兄弟的悲惨境遇,也是"我"和苦难的东北沦陷区民众的真实写照。甚至可以说,如果关内的国人不警醒、不抗争、不自救、不自强,这悲剧就会继续蔓延,到时不知道又会有多少家园被毁、多少人流离失所、多少孩子成为"没有祖国的孩子"。正如小说最后所暗示的,"逃亡"改变不了悲剧命运。无路可逃,那就奋起反抗!

据作者自陈,《没有祖国的孩子》取材于他少年时期一段真实的生活经历。1927年,15岁的舒群通过一次偶然的机遇结识了朝鲜少年果里,在果里和一位女教师的帮助下,他得以进入中东铁路苏联子弟第十一中学就读一年。这所学校、朝鲜少年果里、苏联女教师周云谢克列娃,就是小说中的"东铁学校"、高丽少年"果里"、老师苏多瓦的原型(舒群《我的女教师》)。或者我们也可以说,正是有了这段真实的生活经历,才有了这篇具有国际主义情怀的抗战佳作。

"果里。"

旅居此地的苏联人,都向他这样叫。不知这异国的名字是谁赠给他的;久了,他已默认了。虽然,他完全是个亚洲孩子的面孔:黑的头发,低小的鼻子;但是,他对于异国的人,并不觉得怎样陌生。只是说异国的话,不清楚,不完整;听惯了,谁都明白。

蚂蜒河在朝阳里流来,像一片映光的镜面,闪灿地从长白山的一角下流转去。果里吹着号筒,已经透过稀疏的绿林,沿着一群木板夹成的院落响来。于是,一家一家的小木板门开了,露出拖着胖乳的奶牛。

"早安,苏多瓦!"

果里向牛的主人说着每天所要说的一句习惯语。

"果里,一月满了,给你工钱,另外有一件衣服送你穿吧——"

"斯巴细(俄语,谢谢的意思)苏多瓦!"

也许有年轻的姑娘,被果里的号筒从被子里唤醒,手向果里打招呼:

"可爱的果里,回来时,不要忘记了啊!"

"啊。是的,红的小花!"

果里比她记得都结实些。然后,她把夜里没有吃尽的东西装满了果里的小铁锅。

"啊,列巴(面包),熟白汤(菜汤),斯巴细。"

于是,果里再走起路来,他的衣袋里多了一元钱的重量,他的嘴,忙动起来,面包与号筒交替地让他的两腮撑起一对大泡子。走过我们宿舍的时候,牛在他的身后,已经成了群,黄色的,黑色的，杂色的最多，白色的只有一个，背上还涂着两团黑。小牛，有很小的嫩角刚突破毛皮，伸长它的颈，吻着母亲的股部，母亲摆起尾巴，极力地打着它。等到果里的小鞭子在地上打了个清脆的响声后，他摆起指挥官下令的姿态，让脸上所有能叠起皱折的地方全叠起皱折来；牛望着他，牛群里立刻有了严肃的纪律。

"果里！"

我们刚洗过脸，拥在展开的楼窗前，叫着他，丢纸团打着牛，打着他；他便扬起头对我们大声喊：

"不要！牛害怕。"

我们不听。终于把果里那牛群的纪律破坏了；并且，弄起一阵恐慌，牛与牛撞着角。这使他的小鞭子不得不在地上多响了几下。

"我告诉苏多瓦去。"

他故意向回去的方向转过，抛出两个较大的步子。

天天他要在我们面前说几次苏多瓦。他也知道，我们对于苏多瓦并不怕，虽然苏多瓦是我们的女先生。天天又不快些离开我们——为什么呢？因为我们所要谈的话，还没有开始呢。

"我来念书好吗？也住大楼，也看电影。"

果里又同我说了。

果里沙总是用手指比画着自己的脸，果里的脸。意思是让果里看看自己的脸和他的脸，在血统上是多么不同啊。

果里沙点着自己的鼻尖，高傲地对果里说（这还是第一次）：

"我们 CCCP（俄文：苏联简称）。"

"啊，果瓦列夫，CCCP？"

果里把我的名字呼出来。果里沙窘了。果里便摆头向我们所有的同学问：

"果里列夫是中国人，怎么行呢？我是高丽人，怎么就不行呢？"

果里沙打了两声口哨后，装作着苏多瓦给我们讲书的神气说：

"高丽？在世界上，已经没有了高丽这国家。"

这话打痛了果里的脸。比击两掌都红，没说一句话，便不自然地走开了。牛群散乱着，他的小鞭子在地上也没了声响。

以后，果里和牛群不从我们宿舍的门前经过了。

每天的早晨和晚间，失去那个放牛的朋友，觉得太无味，也太冷落。

我和果里沙倚在窗前，望着蚂蜒河边的一条草径；那里是泥泞的，摆满大的小的死水池，有的镶着一圈，有的蒙着一层全是一色的绿菌。看不清楚蚊虫怎样地飞过，只听见蛙不平地不停地叫。晚风常常送来一片难嗅的气味；有时宿舍的指导员让我们闭起窗扇；所以在这条草径上很少寻出一个人的影子。有游船渔船经过的时候，是靠近那边迅速地划过。这块地方好像久已被人憎恶着，遗弃了。

然而，果里是在那里走熟的。草茎蔓过他的腰，搔着牛的肚皮，也看不见牛的胖大乳头了。果里每次看我们在楼窗上望着他；他的头便转正了方向，用眼角溜视着我们。

"不许你再对果里说世界上已经没有了高丽的国家；好让果里再从我们的门前走。"

我好像在教训果里沙，很严厉地。

"你看高丽人多么懦弱，你看高丽人多么懦弱。他们早已忘记了他们的国家，那不是耻辱吗？"

"那么,安重根呢?"

我立刻记起来,哪个人给我讲过许多关于安重根怎样勇敢的故事。可是,果里沙不知道,一点都不知道,他仍是不信任我的话。

一阵牛的哀叫声传来,我们看见果里跌倒在死水池里。

"果里!果里!"

我们用两只手在唇边裹起一个号筒样,向果里喊,他会听得很清楚;可是,他不留意我们,他不睬我们。

不过,我总想找着机会,再和果里好起来。

那天落了整夜的雨,草径被浸没在水中,混成一片河流。我想这次果里一定会从我们宿舍门前走向草场的吧?恰好又是星期日,自然可以和果里玩在一起了。但是,果里呢,他仍是在那里走,沿着留在水面的草径,做路的标识。牛的半个身子泡在水中,头一摆一摆地,似乎艰难地把蹄子从泥泞中拔出。

我们吃过饭,我和果里沙便赶向草场去。黄色的蒲公英从草丛里伸出来,一堆一堆的,山与河流做了草场三面的边界,另一面是无边际的远天连着地。散开的牛群,看上去像天上的星星一样细小,躺着的,吃草的,追着母亲的……果里坐在土岗上吃着面包皮,眼睛在搜索着牛的动作、牛的去向。我们的视线触着了他,惹起他极大的不安。如果不是有牛群累着他,也许他会跑开,逃避我们。

"果里,我们给你气受了吗?"

我把他那深沉的头托起来,问他。他竭力把头再低沉下去,说:

"不是,绝不是的。"

不知他从哪里学来这样美的不俗的好句子；而且，说得十分完整，没有脱落一个字音。不过，他的姿态太拘束，太不自然，似乎对陌生人一样地没感情。

果里沙还是原有的脾气，指着宿舍顶上飘起的旗——一半属于中国，一半属于苏联的。这给果里很大的耻辱；果里是容忍不下去，离开我们去给牛蹄擦泥水。

我们全在寂寞中过了许久许久，我才找到了一句适当的话问果里：

"牛蹄太脏了，你不怕脏吗？你擦它做什么？"

"就是因为太脏才要擦的。牛的主人是不允许牛蹄脏的啊！"

"那么，你为什么带着牛从河边走呢？我们宿舍门前不是很清爽的吗？"

我的话刚说出来，就又懊悔，说得不妥当。这不是对于果里加了责难吗？在果里的内心不是更要加重他的痛苦吗？

"我是不配从你们宿舍门前走的。"

他说得很快，他很气愤。

我说了许多话，是劝他仍从我们的门前走。实际我们不愿意失去这个放牛的朋友。他天天会给我们送来许多新鲜的趣味；并且，我们房里一瓶一瓶的，红色与黄色的野花，全是他给我拾来的。这几天来，那些花都憔悴了，落了，我们看着瓶里仅有的花茎，谁都会想起果里来——果里沙也是同样的。果里却抛开我，再不在我们门前走过一次。

最后，果里允许在我们门前走的时候，我几乎痛快得要叫出来。不过，我还不肯信任，直等到他吹起归去的号筒。

暮色里的牛蹄，是疲倦的，笨重的。长久的日子，已经使它们熟识了从自己的家门走进。余下我们走回宿舍。宿舍的每个角落一片死静。我记起所有的同学已去俱乐部,去看电影。我看时钟还留给我二十分钟的余闲,便叫果里也去,他高兴地说:

"好,看电影去,我还没有看过一次呢。"

但是,在影场的门前,发生了极大的难题,这个守门的大身量的中国人,坚持不许果里进去。我和他说了许多中国话,仿佛是让他给我些情面。他总是不放开这么一句话:

"他不是东铁学校的学生。"

"你让他进去吧,我们的先生和同学全认识他。"

"谁不认识他,穷高丽棒子!"

果里沙不懂中国话,他很沉静地站着。

我的喉咙却突然热胀,对那个守门的中国人大声地叫着:

"他是我们的朋友!"

他装起像我父亲的尊严说:

"你和他做朋友,有什么出息?"

在灯光下,我和果里仿佛是停在冰窖里的一对尸体。果里突然冒出一句中国话:"好小子,慢慢地见!"

现在,我晓得果里正是因懂中国话才那样气愤的吧!我问他懂中国话吗,他说只会那一句;一句我也高兴,好像为我复仇了。

不过,我一夜没有安静地睡,似乎有很大的耻辱贴在我的脸上。早晨我躺在床上,就听见果里一声声的号音从窗前响过了,远了;我没有看见果里。

在教室里,果里沙对我说:

"从认识果里起,今天他是第一次笑了。"

"为什么呢?"

"因为他也快做我们一样的学生。"

我想果里为了昨夜受的屈辱,故意给自己开心吧,果里沙却说是真的。我问:

"他和谁说妥的呢?"

"苏多瓦。"

这样我相信了。因为苏多瓦是我们班上的女教员。

"那么,他什么时候上学?"

"他今天去告诉他的哥哥,明天就来。"

我想,果里来了,坐在哪里呢?我们教室里只有一个空座位,而且在小姑娘刘波的身旁。她平常好和每个同学发脾气,小眼睛瞪得圆大的。如果果里坐在她身旁,一定不中她的意。明天教室里,除去我十七八岁,就算果里大了吧?最大的果里沙也不过十三四岁。并且,所有的书桌,仅是我和果里沙坐的比别人的高起些;只有叫果里沙走开,让果里坐在我的身旁。

放学之后,我在宿舍里正为果里安排床位,他来了,却是忧伤地。我问他快做学生不是很可喜的消息吗,可喜的消息,怎么换来了他的忧伤呢?我清楚地看了一下,他脸上还有泪滴。

同学的快来缠着他。

我问:

"你哭过了吗?"

他点点头,好像又要哭出来。

"你明天不是上学吗?怎么还哭了?"

"我才跑到田里去,对哥哥说,哥哥不许。"他的鼻尖急忙地抽动两下,又说,"你和哥哥商量商量吧。"

于是,我和果里到家去了。同学们等着这个有趣的消息,要我快些告诉他们。其实，果里的家并不远，转过我们宿舍的一个墙角，十几步便可以走进他的房子。来去只要五分钟，事情全可明白。不过，果里的哥哥在田里，没有回来，却是意外的。

时间空空地流过着。我并不躁急，因为果里的家里处处都是奇迹。房子小得像我们宿舍的垃圾箱。不过，垃圾箱里的垃圾也许比果里房里装的东西洁净些、贵重些，墙角下堆着污旧的棉衣；穿衣时，随着身子的动作将自然叠成的折皱展开后，还露出衣布原有的白颜色，很新鲜。那边……

果里为我找出他一向保存着的好东西，我一样一样地看着；他两手合拢着又举在我的眼前说：

"你猜这是什么东西？"

然后，他用聪明的话暗示我，我也不明白；因为他讲的俄语太乱，所以终是没有被我猜中。最后他说：

"这里有爸爸，也有妈妈。"

是两个从相片上剪下的人头：男人是他的爸爸，女人是他的妈妈。然而我立刻发现极大的疑点问他：

"妈妈这么老，爸爸怎么那样年轻呢？"

"妈妈现在还活着，爸爸是年轻就死的。"

"死得太早了！"

我望着果里爸爸的像，我说话有些怜惜的意思。不曾想竟使果里的牙齿咬紧，很久才放出一口轻松的气息：

"爸爸死得太凶呢！"

我从果里脸上的神态也可以看出他爸爸不是寻常的死。

"爸爸是读书的人，看，这不是还留着很好看的头发吗？（他指着头像给我看）爸爸的胆子大，那年他领着成千成万的工人，到总督府闹起来，打死了三十多人，当时，爸爸被抓去了。三个多月，妈妈天天去看，一次也没有看见。妈妈不吃饭了，也不睡觉了。在樱花节的那天，别人都去看樱花，妈妈带着哥哥去看爸爸。这次看见了，在监狱的门口，妈妈差不多不认识爸爸了：爸爸只穿了一条短裤子，肩上搭着一块手巾，肋骨一条一条的，很清楚，那上面有血，有烙印。妈妈哭着，爸爸什么话都不说。到爸爸上车的时候，总是喊着……看樱花的人追着车看，妈妈也追着车看……在草场上，拿枪的兵不许妈妈靠近爸爸。爸爸的身子绑得很紧，向妈妈蹦来几步，对妈妈说——你好好地看养孩子，不要忘记了他们的爸爸今天是怎样被——枪响了一声，爸爸立刻倒下去。……那时候，妈妈还没有生下我，这是妈妈以后常常讲给我听，我记住了的。"

他说的话太快，也太多；有些地方，我听不懂；也有他说不懂的地方，所以我没有完全明白。

"那么，妈妈呢？"我问。

"妈妈？妈妈还在高丽。"

"你们怎么来了？"

"妈妈说——我们不要再过猪的生活，你们找些自由的地方去吧！我老了，死了也不怕——五年前，妈妈到姨母家去住。我们来中国的时候，我才十岁。"

天黑了，他哥哥才回来。他说得很好的中国话，所以我们讲话很方便。他直是不许果里做我们学校的学生；并且他说的理由也是很多很多——

"我种地太苦，唉，还不赚钱，也许有时要赔钱，你没有看中国年年有灾祸吗？你也知道吧？

"我们吃饭全靠果里放牛的钱,到冬天又要歇工,好几个月得不到工钱。

"我知道读书对他好。我是他的哥哥,我不愿意我的弟弟好吗?

"如果只是我们两个人,他可以去,我不用他管。家里还有母亲呢。每月要给她寄几元钱吃饭。

"唉!不像你们中国人还有国,我们连家都没有了。"

我把他的话传给我们的同学,同学们失望了,但是很快地也就忘却了。

果里的号筒仍在唤牛群到草场去。

"不像你们中国人还有国……"

我记住了这句话。兵营的军号响着,望着祖国的旗慢慢地升到旗杆的顶点。无意中,自己觉得好像什么光荣似的。

但是,不过几天,祖国的旗从旗杆的顶点匆忙地落下来;再升起来的,是另样的旗子了,那是属于另一个国家的——正是九月十八日后的第八十九天。

于是,散乱的战争骚扰着,威胁着每个地方。不久,那异国的旗子,那异国的兵,便做了每个地方的主人。恰好我们住的地方做了战争上的大本营。戴着钢盔的兵一队一队地开来,原有的兵营不敷用,已挤住在所有的民房里。就是果里那个垃圾箱般的房子,也有兵住下。

我们照常上课。但是,果里的号筒不响了,牛群整天关在每个主人的院内,叫着,似乎在唤着果里。

"果里呢?"

我们谁也没有忘记果里。忙向草场望去，只有一阵一阵的秋风扫着，把草打倒在地上。果里平常坐惯的那个土岗，被风扬起的土粒滚成一团一团的浓烟。我们想果里卷到浓烟里去了吗？等到浓烟散尽的时候，那里没有果里一只手，一只脚，给我们看见。我们想他在家里；可是，他在家里做什么呢？死静得好像连一个人都没有。有的，我们同学的便会指说：

"看！少儿达特（俄语：兵）。"

接着就是：

"少儿达特杀了果里吗？"

"杀了，也像杀了老鼠一样！"

果里沙仍是对自己高傲，对果里轻蔑。我相信果里绝不像老鼠那样懦弱；果里沙却说：

"高丽人都像老鼠一样。如果不是，在世界上，怎么没有了高丽的国家？"这仿佛已经成了他的习惯语，他的小拳头在胸前击了两下又说，"像果里那样人，我不喜欢，不愿意同他做朋友。"

日子过久，谁也不再谈关于果里的什么话。又加天天到俱乐部去听演说，在时间上，已经没有多少空闲。这次苏多瓦怕我们太疲倦了，要带我们上山玩一次。

我们怕山上的蛇虫，有一次蛇虫毒伤了我们好几个同学。所以，这次我们每个人都带一支体操用的木棒，三十多人排成一列棒子队。

秋天的山，全是一片土与沙粒。已经不是夏天来时那样好看、可爱，什么都没有；只是土与沙粒打着我们的眼睛睁不开；上去后，只感到两腿很酸痛，秋风不住地搜索着我们血流中的温暖。苏多瓦为了我们的趣味，领我们向另一山角蠕动的人群走去。

那里，有许多的人：年老得胡子全白了的，年轻的，半残缺的，年岁太小的。锄头，铁锹，斧子……在我们每个人的手里。在山脊间已经成了一条沟壕；在沟壕里，我立刻看见果里的哥哥。

"果里呢？"

我正想问他，果里的面孔就已经在我们每个人眼前出现了。看来，他不是我们以前所认识的那个放牛的果里；现在的果里是个小工人，我们几乎不认识他了。他光着脚，身上穿着一件我们给他的破制服；他的颧骨高起许多，使眼球深深地陷进去，被埋藏在泥垢与尘土里。他靠着壕边，同壕一样高，很吃力地握着铁锹向外抛沙土。

"果里！果里！"我们喊着。

其实，他早已看见我们，只是故意地躲开。我们与果里的距离只有八九步远，喊他自然会听见，他不仅不看我们，而且，把头移动向另一方向，更加紧他的工作。我走近两步，我看出果里是要和我说话的。他所要说的话，全埋藏在他的嘴角与眼角间啊。于是，我更大声地叫起：

"果里，我们来了。"

"果里，你在做什么？"

"果里，很久不见你了。"

果里没说话，只是在动作上给我们一个暗示，让我们向右边的大石头上望去，那里有两个兵安闲地吸着纸烟。然而，我们却不去顾他：

"来！果里。"

"来！来……"

惹起一个兵来了，站在壕的边际上；果里像失了灵魂一样死板。那兵用脚踢他的头；他的头仿佛有弹力地摆动两下，鼻孔有血流出。突然，他的铁锹举高，又轻松地落下，照样向壕外抛着沙土。

不知为什么，我们所有的木棒都向那个兵做了冲击式。兵便比量着给我们看他肩上斜背着的枪。

苏多瓦领我们回去的时候，果里的眼睛溜着我们，终没有说一句话。我们只有默祝果里最好不再遭到什么不幸。

第二天早晨。

"呀……呀……"传来了这尖锐的叫声，刺痛我们的心。

啪啪的声音连续地响着。果里在一只手两只脚下规规矩矩地躺在自己的家门前。脸贴着地，尘土从他的嘴角不住地飞开。像是新劈下的小树干，那兵的全力都运到这小树干的顶端，落在果里的股部，腰间。

"呀……呀……"

这声音给我的感觉，比小树干落在自己的身上还痛。

果里沙却切齿地说：

"该打，打死好了。"

我用眼睛盯住他，表示我对他的话极愤恨。他又说：

"果瓦列夫，你看果里，那不是一匹老鼠一样吗？"

以后，果里真像一匹老鼠跟着佩刀的兵，常从我们宿舍前来去；他独个人的时候不多。这使果里沙更看不起他，骂他，向他身上抛小石头，伸出小拇指比量他……果里沙想尽了所有的方法欺辱他；他却不在意。

有一天，我们快就寝的时候，果里跑来。果里沙的手脚堵塞着门，不许果里进来。

127

"你还有脸来吗?你不要来了。"果里沙说。

"我找果瓦列夫!"

"果瓦列夫都会替你羞耻。"

我看出果里是有什么迫切的事情,不然,他的全身怎么发抖呢?我给他拿来几片面包,他不吃。我问他这些日子怎样过去的,他也不说。仿佛所有的时光没有一刻余闲属于他,很迫忙地说道:

"借我一把刀。"

"做什么?"

"你不要问。我有用途。"

我在衣袋里把平常修铅笔的小刀拿出来。他说:

"太小了!"

"你要多大的?"

他用两手在床上隔成他所需要的刀的长度,我便把我割面包的大尖刀给他。他还用手指试验着刀锋快不快。然后他高兴地说:

"好!太好了!"

他临走时,告诉我:

"那些'魔鬼'明天早晨去苇沙河。"

果然是去苇沙河,果里房脊上的旗子没有了。一队一队的兵,骑马的,步行的,沿着山路走去。只有几只小船是逆着蚂蜒河划下;船上的兵仅是几个人。果里就坐在小船上,为佩刀的兵背着水壶、食粮袋。我们守门的那个老头子,在太阳还没有升起时,就起来去看,这些话就是他讲给我们听的。

过后守门的老头子从外面回来的时候,他在一口气里又冒出一串话来,说是果里投河了。

先是一个打猎的外国人看见的——有个孩子顺着蚂蜒河漂来。于是他投到水里把孩子拖上河边，用人工呼吸方法换来孩子的气息；喊了几个人来，守门的老头子也在里面，他认识出了那个孩子是果里。

我们去的时候，苏多瓦也在那里，另外是别班里的同学。果里躺着不动，衣服贴紧在身上，一滴一滴的水湿了他身旁很大的一块地方；他已经没有了知觉；虽然，他嘴里还嚼着不清楚的话。大家正在互相询问果里投河后的情形，我们学校的铃声叫我们立刻回去上课。只有苏多瓦还留在果里的身旁。

今天，苏多瓦告诉我们，在我们这班里有一个新来的学生。每次有新来的学生，苏多瓦都是要先告诉我们的。每次也就打听出这新来的学生是升班的，是降班的，是从外埠新来的。不过，这次却是例外，我们谁也不知道这新来学生的底细。

距上课的时间还有二十分钟，我们便随便地猜扯起来。男生说，新来的学生是好看的姑娘，最好和自己坐一个书桌。女生说，新来的学生是猴样的，这样弄得每个书桌都叫响着。

门突然地开了，教室里立刻静下来。我们悄悄地跑到自己的书桌前坐下，装作整理着书本、修铅笔。是因为我们闹得太厉害，苏多瓦来了。然而，不是苏多瓦。站在我们面前的是果里。他穿得同我们一样：黑皮鞋，黑的裤子，黑的卢巴斯卡（俄语：衣名）；胸前也有两个小衣袋，装得饱饱的，书夹里放着一包新书。他张大着嘴，像是有许多要说的话，想在一句话里吐给我们，可是一个字都没吐出来。

在午间，很快吃过饭，我们聚拢在一起。我问他：

"现在，你高兴了吧？"

"我不是骗你,我真不高兴。"仿佛仍有极大的恐怖、痛苦,留在他的眼里。"苏多瓦待我太好了。给我养好病,又送我到学校来。你们看!"他指尽了他身上所有的一切给我们看。

当我问他为什么投河的时候,似乎他的脑里又复活了一幕死的记忆。于是,像给我们背诵出几页熟读的书:

"忘了是哪一天,'魔鬼'告诉我,他们要走了;要我的哥哥去,还要我去。我知道去了就没好,我想爸爸在'魔鬼'的手里死了;妈妈怕我们再像爸爸一样,才把我们送出几千里以外的地方来。谁想到这'魔鬼'又在几千里以外的地方攫住我们,夜夜都没睡觉,哥哥望着我,我望着哥哥,不敢说话……"

"和老鼠一样!"

果里沙冲断了果里的话:

这时候,果里不像个孩子;孩子没有他那样沉静的姿态。他继续说下去:

"那天,哥哥跟着走了。我还跟着那个带刀的'魔鬼'(他的眼睛,好像在询问着我们看没看见过他所说那个带刀的'魔鬼',我们向他点着头)。船上除去我们两个人,还有一个船夫,'魔鬼'正用铅笔记着什么,我心跳,跳得太厉害了——你们猜我想做什么?"

"想投河呢!"我们许多人同样地说。

然而果里沙突然地跳上书桌,把我们所有人的精神弄散乱了。他轻快地说:

"你们说果里想投河,我看太不对。你们知道吗?河里有老鼠洞。"

"在河里,一共是三只船。两只在前边,我们在后边。前边的船，走得才快呢！没走到三四里的时候，离开我们有半里多远。等他们拐过老山头，我们还留在老山头这面。我只觉得一阵的麻木，我的刀已经插进'魔鬼'的胸口。然后，我被一脚踢下来，再什么也不知道了。"他把头转向我问，"你知道那把刀？是你借我的啊！是你借我的啊！"

"好样的，好样的，"果里沙抱住果里又说，"这才是我的好朋友！"

果里搬到宿舍来，除去苏多瓦赠给他的毛毯之外，再什么都没有。果里沙把自己所有的东西分给他一半，并且，在贩卖部内给他买了牙刷、牙膏、袜子、毛巾、小手帕……费用全写在自己的消费簿上。

此后，果里，果里沙，我们三个人成了不可离散的群，有时缺少一个人，其余的便感到不健全。每天我们都是在一起，到河边去，到俱乐部去，到车站的票房去，到许多人家去看果里以前所放的牛。他还认识哪个叫什么名字，哪个牛有什么习惯，平常他最欢喜的是哪个，最讨厌的是哪个——由牛群给我们讲出许多的笑话。

在冬天，果里学会滑冰，便成了他的嗜好；可是，我们不许他常去冰场。因为那时街头又满了果里所说的"魔鬼"和"魔鬼"的旗子。不过我们学校的旗子，仍是同从前一样——一半中国的，一半苏联的。

只有那半面中国旗，我爱啊；可是，果里为什么也爱呢？我们每天望着，仿佛在旗上开了花。然而花，毕竟要有谢落的一天——校役给我们看了一面新做的旗，一半是苏联的，黄色的小斧头，镰刀，五角的小星星，在旗面上没有错放一点的位置，但是，另半面却不是属于中国的了。那全新样的，在地图与万国旗中，我们从来也没有见过。校役悄悄地把旧的旗子扯落，升上新的旗子。

我们天天仍是希望把旧的旗子升起，哪怕这是一年，一月，一天……一刻也好。可是，我们总失望。只有扑到储藏室的玻璃上，看看丢在墙角下的旧旗子。

不久，更有惊人的消息传来。我们学校的旗子快完全换新样的了。

我请两点钟假，到叔叔家去；回来晚了。苏多瓦正给我们同学的讲什么，她停下，问我为什么回来这么迟，我说：

"这地方不安宁。叔叔把祖母送走，祖母留我吃了饺子。"

我说完，苏多瓦完全没有谴责我，真是意外的。她又继续她的问话——问每个苏联学生将要到什么地方去。于是学生好像喊了一个口号：

"回祖国去！"

"果瓦列夫，你？"苏多瓦又问。

"回祖国去！"我说。

"怎么回去？"

"叔叔回来接我。"

苏多瓦从讲桌来，走近果里的身旁问：

"果里！"

"什么？"

"你呢？"

"……"

果里咕噜两声，说不出什么。他只是待着，在呆望墙上悬着一张世界地图。在那地图上，靠近海洋的一角，有他的祖国，仍涂着另一种颜色区分他祖国的边疆；但是他说：

"跟果里沙去吧！……"

苏多瓦做出孩子一样的讽刺，手指点着果里的头；果里的头渐渐地沉重下来。她立刻又严肃地说：

"果里，你不能跟果里沙去的。将来在高丽的国土上插起你祖国的旗，那是高丽人的责任，那是你的责任！"

为了明天的别离，苏联的同学分赠我与果里许多小物品，做纪念。

"果里呢？"同学问。

我在院里寻到果里。只是他一个人，在树影下踱着小步子。月光浮在他的脸上，我看见有泪珠。他不住地问着自己：

"到哪里去呢？"

最后，我告诉他：

"我俩一同走吧！"

于是，我们送别苏联同学登了驶向祖国的专车后，便筹备起我们的行程。虽然，已经知道南线车轨被破坏（这是叔叔必经的路），但是，我们仍倚在门前，望着邮差来。那许多信，没有一封是叔叔的；都是从苏联来的。同学告诉我们，当他们到莫斯科的时候，有许多人欢迎他们；以后，又送他们进了学校……

十几天了，叔叔的消息完全没有。而且守门人天天催着我们走，大门立刻要锁起来的。守门人为了我们没有路费，在旅程上给我们个秘密的方法。

于是，坐过一天一夜的火车之后，我们又漂流在海洋上了。

虽然我们是藏在货舱里，被塞在麻袋的缝隙间，不住地有老

鼠从我们头顶跑过,但是,不停止的轮机似乎在告诉我们:

"向祖国去的孩子们!不要害怕,不要叫饿,这一刻你们应当忍受的!"

我是十分安心,果里却问:

"在岸上被检查了,下船也要检查吧!"

"检查怕什么!"

"你是不怕的。我呢?"

我们同是说着俄语,仿佛忘记了我们是异国的人。为了果里的安全,不应当再说俄语,要说中国话了。所以我改用中国话说:

"从现在起,我们说中国话吧。"

"如果有人问是哪国人呢?"果里仍是说的俄语。

"说中国话,自然你要说是中国人啦。"

"说不好!"

我开始试验他了:

"你是哪国人?"

"中国人。"

是不像中国人。他说话的重音,放在"人"字上。其实,我和他说中国话,他明白,不过,他说的太不中听。

"你装中国人,装我的弟弟。我说话,你一点不要说!"

然而,下船的时候,警察偏偏地问果里:

"你怎么不说话,你哑巴吗?"

终于果里被看出是高丽人。果里所说的"魔鬼",这里也有的;于是果里又被"魔鬼"抓了去。他看我也被一只大手抓住衣领。他说:

"我是高丽人,他不是的。"

生与死

白朗

【关于作家】

白朗(1912—1990),原名刘东兰,生于辽宁奉天(今辽宁沈阳)。少时就读于黑龙江省立女子师范学校,1929年与作家罗烽成婚。1931年东北沦陷后,白朗与罗烽加入抗日地下组织,开始在《国际协报》、《大同报》副刊《夜哨》等发表文学作品。1935年与罗烽流亡上海,加入"左联"。白朗的创作多取材自个人熟悉的东北沦陷区的生活,身为女作家,尤其擅长讲述以妇女和孩子为视角的故事。主要作品有短篇小说集《伊瓦鲁河畔》、散文集《月夜到黎明》、长篇小说《狱外记》等。

【关于作品】

《生与死》1937年发表于《中流》第1卷第11期,后收入短篇小说集《伊瓦鲁河畔》,1938年由上海文化生活出版社出版。

小说写的是1931年九一八事变到1932年3月东北伪满政府成立时期,日伪监狱的一位女看守"老伯母"解救女革命者,"一根老骨头,换了八条命"的故事。作品采用倒叙的方式,一开场,

"老伯母"已经因为解救女革命者被关进了监舍。一个老太太是怎么从牢房的看守变成了牢里的犯人的呢？带着疑惑，读者进入到老人的回忆中。那还是1931年大动乱的时候（即九一八事变），老人一向知书达理的儿子，抛下老母和妻子去当了"胡子"，她百般不解甚至为这不体面的事愁白了头发。后来在小叔安巡官帮助下，老太太到日伪拘留所来看守女犯人，对那些因为各种原因入狱的苦命人，她以慈爱之心看护她们帮助她们，大家亲切地称她为"老伯母"。后来，日本军进驻哈尔滨，这个拘留所就多了许多被称为"政治犯"的人。老伯母不懂政治，也不明白"政治犯"是犯了什么罪被抓进来，只是尽可能地帮助那些文弱的女孩子，替她们传递家信物品，涂抹伤药，听着那些联系不到家人的孩子整日整夜痛苦地呻吟，她就用自己的薪水偷偷为她们添置衣物和棉被。女政治犯们像爱戴母亲一样尊敬老伯母，老伯母也像母亲一样偷偷关爱着那些女孩子。看到女孩们一次次被严刑拷打，旧伤未愈又添新痕，老伯母对日本人的仇恨也在一天天增加，在与女孩们的交流中，她也慢慢理解了儿子为什么放着好好的工作不做要去当"胡子"。有一天，老伯母接到儿媳病重的消息，匆忙赶去乡下，发现可怜的儿媳因被鬼子奸污而含恨自杀。不久后，老人的儿子也在抗战前线阵亡了。侵略者的残暴激发了这个柔弱的老人拼死也要反抗的决心。当听说这些"女政治犯"很快要被枪毙时，老伯母怀着巨大的悲愤，利用伪满政府成立的时机，精心设计逃跑计划，成功放走了她们。当天，老伯母被捕，五天后被日伪警察秘密枪杀了。

白朗的小说有一种不加掩饰的冲击力，叙事的过程往往层层推到极致，人物也大多被放置在生死绝境中加以表现。相较于另一位东北女作家萧红含蓄克制的创作风格,白朗的作品像她的名字一样有一种一览无余的坦白、明朗。她不擅长也不乐于和读者玩叙事游戏,很少刻意设计结构布局、安排视角调度,而用直接、有力的故事征服读者。就如这篇《生与死》,故事本身已经那样沉重和震撼人心了,谁还在乎如何来叙述呢。

老伯母坐下去又站起来,两腿软颤着,眼前一片黑云半天才飘过去。她长叹了一声,摸摸墙,再望望天花板,墙还是那么湿,湿得发凉。让臭虫的尸骸和血迹涂成的壁画却不见了。空气仿佛是澄清了些,可是,那潮湿的气息,混搅着浊重的石灰味,依然使老伯母的呼吸感到阻碍。天棚呢?天棚还是那么低,低得一伸手就摸到了棚顶,低得透不过气来,任是墙壁刷得怎样白,也照不亮这阴森的地狱呵!

"改造,改造,改造了什么呢?天杀的!"老伯母咬紧了干皱的嘴唇,狠狠地骂着,她的两只干姜般的手捏绞在一起,像是在祈祷:

"唉,让魔鬼吃掉这群假仁假义的狼们吧!"

因为生气,老伯母又呛嗽起来,她把头顶和手掌紧紧地抵住墙,呛嗽不使她深长地透一口气。刺痒紧迫着喉管,最后她竟大口地呕起痰来,呕得胸腔刀刮似的难熬,她时时担心会把肠子呕出来。呕过之后,呼吸就更加急促了。

"老伯母,开饭啦。"一个生了锈的洋铁罐伸了进来,夫役陈清的脸也出现在风眼口上。

老伯母掉转了头,她那涕泪横流的面孔,使陈清的脸色马上忧郁起来，他怜惜而柔和地问：

"哭了吗？"

"哭？"老伯母像是吃了一惊，"哭什么？陈清，我为什么要哭呢？"

"唉！这样大的年纪了，倒要坐牢，受刑，想想还不伤心吗？"

"你想错了，陈清，一根老骨头，换了八条命，还不值吗？坐牢，受刑，哼，就死也甘心啦。"老伯母一想到这，她的心便欢快得像开了天窗。

陈清想要说：

"岂止你一根老骨头呢？安巡官，今天早晨也死在日本人的毒刑之下了，尸首破破烂烂的！"

但，他把这溜到舌尖的话又咽了回去，为的是怕老伯母伤心。实际呢？他这又是想错了。

"吃饭吧，老伯母。"陈清把那洋铁罐又掂了掂。

老伯母她不去接，连看也不看一眼。她说：

"我不吃，陈清，你替我泼了吧，……连狗都不肯吃呵！"

"不是，老伯母，这是我们吃的二米饭，我还给你买了一角钱的酱肉呢。"

老伯母感激得真要流出眼泪了：

"咳，你真是好心肠，但是，我正饱得肚子发胀呢！"

她抚摸着那膨胀的肚皮，宛如吃了多量的面食那样饱闷着，虽然是继续不断地吐泻了一日一夜，而前天过堂时被灌下的半桶冷水，还在肚里冰凉地充塞着，她又怎会感到饿呢？

陈清的嘴劝不空老伯母的肚皮，终于提着洋铁罐失望地走了。

隔一会，看守孙七嫂递进来一包蛋糕，说是第四监号的女犯凑钱央她买来的，这盛情她不忍拒绝。于是，她含着眼泪收下了。

是春满江南的时候了，可是这三月的塞北，却还在冰与雪与严寒的威胁之下辗转着，嗅不到一点儿春的气息。北国里好像似没有春，有，又是多么短暂哟，像天空的流星般只是一瞬便消逝了。这阴暗森寒的地狱呵，更是永远享受不到春光的温柔抚爱了。

老伯母蜷缩在士敏土的地上，虽是铺着三号送来的棉褥，然而那由地上透过来的冷气，还在使她的身子不自禁地起着痉挛。她掩了掩身上的被子，她的心是多么不安哪！被子也是穷得一无所有的女犯送来的呢！她们是这样卫护着自己已经没有希望的老命。她们呢？她们不会冻病吗？

她一向是委屈着自己卫护着别人的，只要别人不受痛苦，她便心安了。现在，要别人来体贴她，她的心反倒不安起来，这不安掀起了回忆的网。老伯母的心，宛似一架摇起的秋千，一刻儿飞到东，一刻儿又飞到西，一条思索的蔓藤蜿蜒着脑子不停地爬着。她想得太疲倦了，才闭起了眼睛。

"我死在日本人的机关枪下，是光荣也是耻辱，妈妈，你要报仇！"是儿子擎着一个破碎的头颅，站在门边这样喊。

"妈，……我……我没有脸……再活下……去啦……"是凄切而无力的哭声。

老伯母在蒙眬中一下被惊醒过来，她张开眼睛四下望了望，除了一片漆黑，什么也看不见，她轻轻叹了一口气，默祷着：

"我可怜的孩子们哪，别再来魔缠妈妈了，妈妈就要来同你们一道的！"

"老伯母"这亲切的呼声，一年多了，安老太太听得比她的儿子呼"妈妈"仿佛更熟稔，更亲热些。从她走进这监房不久，女犯们便不约而同地赠给了她这么一个尊敬的称呼。日子久了，竟成了她的绰号，女犯们这样称呼她，看守夫役也这样称呼她，后来，就连警察们也老伯母老伯母地在向她呼唤了。这是多么悦耳感人的呼唤呵！在这地狱般的监牢里，她获得了人间的温情；同时，那人生最痛苦最残酷的场面，也被她看到领略到了。老伯母为那亲切的呼声感动了，老伯母也为日本人的残暴激愤了。

然而，最初老伯母不是为了犯罪而被关进这地狱来的囚徒；她是为了生活，也是为了寂寞，由她的小叔安巡官介绍到女监来看管囚犯的，虽然她和犯人只隔着一道门，而她却还有着自由与权威。

是的，在犯人之中，她是有着无上权威的。她可以随便地咒骂犯人，她可以随便地鞭打犯人，犯人要向她低头，要向她纳贡，然而，仁慈的老伯母却一次都没这样做过，她只是看着别人在行使这无上的权威罢了。

一九三一年是一个大动乱的时代，那大动乱卷逃了老伯母的独生子，起初，她真不明白知书达理的儿子怎么会发了疯，竟抛下了老母、爱妻，更抛掉了职业而逃到"胡子队"里去。她为这愤恨，她为这痛哭，她为这不体面的事件愁白了头发。

就在儿子逃走不久，她把怀着两个月身孕的儿媳送到了顾乡屯的母家，自己便到这个拘留所里来服务。

最初两个月，老伯母看管着一个普通监房，那里面有匿藏贼赃的窝主，有抽大烟的老太婆，有不起牌照的私娼……虽然她们之中没有谁受过很重的毒刑，可是，她们的食宿，她们的疾病和失掉自由的痛苦，老伯母已经觉得够凄惨了！她是以一颗天真的慈爱的心和所有的力量，来帮助她们，爱护她们。

一个凄厉的冬天。

日本人入主了哈尔滨,这个规模不算太小的拘留所,就隶属在刑事科之下,他们认为老伯母年老可靠,便又把老伯母调到特别监房做看守。

"你要特别当心,这里全是重要犯呵,倘有一差二错,不要说你的责任重大,就是我,我也脱不了关系哩!"

当老伯母被调的那天,安巡官这样严厉地对她下了一个警告。接着,安巡官又补充着说:

"要紧的是,不要让两个监号的犯人有谈话的机会,串了供,事情就不好办啦!你该严厉地监视着,做得有成绩会有好处给你,不好,哼,你要知道日本人可不是好惹的!"

老伯母没有说什么,她怀着一种好奇的心情来和这些所谓"重要犯"接触;可是她无论如何也想不通:难道这样文质彬彬的女孩子们会去杀人放火做强盗吗?她问送饭的陈清,陈清告诉她:

"她们是政治犯。"

"正事犯?"

这样一解释,老伯母更加糊涂了,等老伯母再问的时候,陈清也摇头了。

松花江的水早已结成了坚固的冰,泼辣的老北风无情地吼着,连地心也冻结了,可是老伯母看管的那三个监号的女犯,竟还在穿着夹衣,她们整天坐在士敏土的光地上,拥在一起不住地发抖,老伯母看着她们冻得青紫的脸,奇怪地问道:

"为什么不让你们家人送棉衣给你们呢?"

"他们不许送呵!并且我们家也许还不知道我们的下落哩!"得来的答语,却是这样的奇突。老伯母真是不解。

"怎么？连衣服全不许送？"

"你知道，我们要求了多少次都不答应。"

老伯母气得几乎暴跳起来，她立刻去找她的小叔：

"滴水成冰了，我那边的八个女犯还没有穿棉衣，我想，告诉她们家人送来吧？"

安巡官瞪起圆眼珠子，把桌子一拍，吼道：

"多事！刚把你调过来两天半，你就要多事，用不着你发什么慈悲，日本人说啦，不许送！"

"这是怎么说的呢？难道让她们活活冻死不成？"

"冻死是她们自找……去去，赶快回去！"

老伯母知道即使磨破了嘴唇，也不会说软小叔的毒辣心肠，于是她忍住激愤，按着狂跳的胸脯，退了出来。

紧接着女犯们一个一个病倒了。那整日整夜痛苦的呻吟与呓语，使老伯母坐立不安，于是她又去找她的小叔：

"统统冻倒了，棉衣，医生，都是她们需要的呀！"

然而，结果仍是和第一次相同，她被痛斥出来。

老伯母来这监房还不到十天，已经为了女犯的痛苦而憔悴了，她那皱纹纵横的老脸上，再也找不到一丝笑容，她的心淤塞得透不过气来。

安巡官的残忍，反而掀起了老伯母的义愤，她是在不顾一切地牺牲着自己。经常是偷偷摸摸地为女犯传递家信，搬运衣被，甚至下饭的菜和治病的药，铅笔纸张……这一切必需的事物，都被她巧妙地带进监房。

女犯中有两个家在外县的，还有一个没有家的，老伯母默默地想：

"被子是可以两个甚至三个人盖一床的，衣服是不行的呀！"

她焦急了四五天，一直到月底薪水发下来，她才欢快地揣着钱跑到旧货店买了三套棉衣，一套一套地分作三次穿进监房移到女犯的身上。

现在，八个年青的女犯个个笑逐颜开了，她们获得了温暖，获得了抚爱，更获得了些许的自由。这温暖，这抚爱，这些许的自由，都是她们被难以来所未曾享受到的，也是她们所不敢梦想的呵！

然而现在她们却什么都享受到了。当夜深的时候，只要她们说一声：

"老伯母，我要到第×号去玩一玩，可以吗？"

"可以的，不过你们要机警一点儿呵，说话也要小点声呵。"她一边嘱咐着，于是她一边打开了铁门。

女犯们都蒙受到了意外的安慰，老伯母也欢快着了。虽然她为她们筹思着，奔跑着，而且提心吊胆；然而，当她把身子放在床上时，那疲倦，是带着一种轻松滋味的，她每每是含着神秘的微笑舒服地睡去。

"老伯母！"

"老伯母！"

这呼唤，不断地在她耳边响着，她也就不停地奔跑着。她不厌烦，也没有什么畏惧，虽然安巡官的警告不时地涌上脑际，可是安巡官那副残忍的面孔，一想起，她就恨得咬牙切齿：

"狼心狗肺的！拿鬼子当亲祖宗，早晚还不给鬼子吃啦！"

同时，老伯母觉得她这些违反安巡官警告的举动，也正是对他的报复呢。

143

你看，老伯母是多么高兴呵，又是多么天真哪！她运用那不太灵活的腿，一滑一滑地踏着雪地吃力地走着，分张开两只胳膊，像要飞起来似的，那样子，完全像一个刚会走路的小孩。她花白的发丝飘舞在太阳光下，一闪一闪地相映着地下的白雪，她流着鼻涕，流着泪，迎着腊月里凛冽的风，带着一颗凯旋似的心，一封信，走向女犯的家，隔一会，她又带着信带着食物或衣服，踏着雪地按着原路走回来。一路上，她总是筹划着怎样把这些东西带进监房不被检查出来，有时，为了想得入神而走错了路。

然而，老伯母她得到了什么酬报呢？没有呵！她是什么酬报都不需要的。当犯人的家属诚意地把钱向她衣袋里塞的时候，她是怎样拼命地拒绝着，到无可奈何时，她甚至都流出眼泪来：

"你想，我是为了钱吗？你是在骂我呀！……你看，我的头发全白喽！……"

老伯母指着心，指着头发，那种坦白、诚挚的表示，使对方感动得也流泪了：

"老太太，你老人家为我们提心吊胆地在冰天雪地里奔跑，我们怎能忍心呢？"

"这样，我的良心才好过呀！"

她一边说着，一边急急地抢出门来，像怕谁捉她回去似的，一直到走在街上，她才如释重负似的喘过一口气。真的，那诚意的酬劳，反会使老伯母难堪的。

当她把东西交给女犯时，她嗔怒着说：

"你把我的心地向你的父母表白一下吧！"

女犯流着泪读着家信，也流着泪感激着老伯母赐予的恩惠，有时，竟抚着老伯母的肩头呜咽起来：

"老伯母，我将怎样报答你呢？"

老伯母抚摸着女犯的乱发，抖颤着嘴唇说了：

"我的孩子，……我的孩子，……只要你们不受委屈，我怎样都行呵。"

然而，她们真能不受委屈吗？老伯母的欢快仅仅维持了两个月，这以后，情形便突然地变了！日本人开始伸张开它凶利的爪在向它的俘虏猛扑了。老伯母的心又跌入山涧里去。

痛苦的、抑压着的呻吟，又复满布了监房，那空气是可怕而凄厉，老伯母感到她仿佛置身在屠场中，屠户的尖刀在无情地割着那些无援的生命，她眼见着这样惨目的景象，她的灵魂也在一刀一刀地被割着了！她想逃避开这恐怖的地界，然而她又怎忍抛掉这些无援的生命呢？

老伯母现在是由看守一变而为看护了。夜里，她把耳朵附在门缝上，听听外面没有一点声息了的时候，她便开始在监内活动起来，她手捧着一大盒"爱肤膏"，为那遍体刑伤的女犯，敷擦着伤处，口里不住地慰问着，而且咒骂着：

"狼心的鬼呀，和你们有多大的冤仇，竟下这样的毒手！"

为了老伯母无微不至的看护，女犯们的刑伤很快地便好起来。可是，旧的伤痕刚刚平复下去，新的伤痕紧接着就来了。老伯母宛如一个受过弹伤的麻雀，整天地在恐惧与不安中。她最怕那两个提人的警士，他们一踏进门，老伯母那颗仁慈的心便被拉到喉头，直到过堂的犯人回来，她的心才降落回胸腔里，可是，马上会又给另一种苦痛占据了。

老伯母对日本人的仇愤，一天天地堆积起来了。

起初，女犯们问到她有没有儿女时，为了怕她们讪笑，她总

145

是吞噙着泪水，摇着脑袋说：

"没有呵，我什么也没有呵！"

如今，她一方面看见了日本人无耻的凶残，一方面受着女犯们的启示，环境的熏陶，把老伯母的观念转移了；她觉得她有那样一个儿子，不但不是耻辱，反而正是她的光荣呢！她愉快地骄傲地问着女犯：

"我的儿子那样做，是应该的呀，不是吗？"

老伯母接到儿媳病重的消息，便立刻赶回顾乡屯，等二十天之后她再回到这座牢狱的时候，女犯们已经受够了替班看守的虐待了！老伯母呢？她也曾大病过一次呢。她的脸完全没有血色，两只温和的眼，变得那么迟钝而呆直，皱纹更深更多了，两腮深陷，额骨就更显得凸出，唯有那高大的鼻子，还是那样笔直而圆润，女犯们惊问着：

"老伯母，怎样，你的儿媳病没有好吗？"

"孩子生了吗？"

"完了，完了，什么全完了！"老伯母两手一张，颓然地坐在监号门外的小凳上。脸上没有一点表情，眼珠都不动一动。女犯们再问，她自语似的说：

"我的儿子……是应该的呀！"

"有什么事情发生了吗？"女犯怀疑地追问着。

然而，老伯母什么也不再说，只是抖擞着嘴唇，频频地摇着脑袋。苍白的发丝随着脑袋左右飘动着。

夜里，老伯母才抹着老泪告诉她们她的儿媳死了。然而她并不是病死，她是受了日本兵的奸污而服毒自杀的。当老伯母赶到那里时，手足已经冷了，她握着老伯母的手，只迸出了一句："妈……你报……报仇！"就断了气。

老伯母的喉咙让悲哀塞住了，她用了很大的气力才说出来：

"她断气之后，那孩子还在肚里翻转一阵呢！"

老伯母瞪大着泪眼，捏紧了拳头，接着说：

"我的儿子……也在珠河阵亡了；就在他媳妇死后第三天……我得到的信！"老伯母抑压着的呜咽在震颤着每个人的心弦，人人都为老伯母的遭遇流了泪。

凄惨与悲愤弥漫了监房，女犯们的呼吸粗迫，眼睛放着痛愤的光，这座不见太阳的黑暗囚牢，真的变成阴森恐怖，人们幻想中的地狱了！

春天去了，春天又来了，老伯母苍白的发丝雪样的白了。

一天，安巡官把她叫了去。看着老伯母憔枯的面孔和深锁着的眉头，安巡官淡淡地问道：

"怎么，你还在想你那叛逆的儿子吗？"

"不，一点也不，那忤逆，那强盗，他该死，他该死呵！"老伯母干脆地说，故意做出发恨的样子，好使安巡官不怀疑她。

接着，安巡官告诉她，为了要改造监房，明天暂把女犯调到南岗署拘留所去，大约六七天之后再调回来。

老伯母听了安巡官的话，像遇赦的囚徒一样高兴了。她把这消息告诉了女犯。最后她说："呵！机会终于来了！"

然而，女犯一点也不明白这话的用意。

夜，撒下了黑色的巨网，一切都被罩在里面。监房里已经悄静无声，夜是深了。女犯都已熟睡，只有老伯母还在甬道中来回地慢踱着，她不时地俯着门缝向外探视，一个念头总在她的脑里翻上翻下:"只要逃过今天那就好了!"

今天,又是第五夜了。半年来,老伯母总是惧怕着这个恐怖屠杀的夜,半年来,这恐怖的夜经过无数次了,每逢到"第五夜"的时候,老伯母便不安起来,她跳着一颗极端恐惧、极端忧愤的心,尖起耳朵倾听着外面,由远处飘来的沉哑的呼呼声,会使她的全身肌肉打起无法控制的痉挛。有时,夜风从门边掠过,老伯母也常常受骗而起虚惊的。

钟,敲过了三下,老伯母自语着:"是时候了!"于是她急急地把耳朵紧贴着门缝,屏息着,那最熟悉的声音,终于由远而近了,终于停止了。老伯母把贴在门缝的耳朵收了回来,换上去一只昏花的眼睛。空旷寂寞的院心,立着一个昏黄的柱灯,她拉长了视线望着目力可达的铁门,铁门缓缓地开了,走进了四个鬼祟的黑影,他们的脚步是那样轻,宛如踏在棉花上没有一点儿回声。

四个鬼祟的黑影消逝在尽东边的男监了,一刻又从那里出现。这次,却不是那样静悄了,人也加多了五六倍,虽然老伯母半聋的耳朵听不见他们的声音,可是看着那拥拥挤挤蠕动的黑影,她知道他们是在反抗,在挣扎。然而,又怎能挣脱魔鬼的巨掌呢?

黑色的影群被关在了铁门之外,呼呼的沉哑的轮声由近而远,而消逝了。

老伯母为这群载赴屠场的蓬勃的生命,几乎哭出声来了。陈清的话,又在她的脑际膨胀起来:

"老伯母,看着吧!她们迟早是要遭毒手的!"

"为什么呢?"

"她们是政治犯哪,××人最恨的就是她们这样的人,别说她们这样重犯,你知道,近来死了多少嫌疑犯哪!她们,依我看也是逃不了的,要不,为什么老不过法院?"

想到这,老伯母突然打了一个冷战,她连忙跑到风眼口遍视了一周,三个监号的女犯统统平安地睡着,她才放了心。

南岗署拘留所只有两个房间,前边临街的一间是普通犯,里面的这间便做了那八个政治女犯的临时监房,另外隔出了一个狭狭的甬道,老伯母便日夜地守在那里。

晚上,八点钟一过,办公室的人们便走光了,只有一个荷枪的日本警察守在拘留所的门口,这个日本警察也是女犯调来之后加派的,他是接替着"满洲"警察的职务。

日本警察是多么难以摆布的家伙呵!老伯母为了他万分不安着,她怕他毁灭了这千载一时的良机。今夜——一九三二年三月一日之夜——只有今夜,过了今夜,什么全不中用了!再过两天,她们又将被牵回那禁卫森严的地狱里去了!

计策,终于被老伯母想出来了,那计策是太冒险了一点。

女犯们苍白的脸上,全涂了一层脂粉,蓬乱的发丝现在是光滑而放着香气,更有的梳起圆圆的发髻……一切都预备好了,只等着歌舞升平的队伍一到,老伯母便要实行她的计策了。

夜之魔吞蚀了白昼的生命,天然的光明,让虚伪的灯光替代了。老伯母的心像被装在一个五味俱全的布袋里,悲愤,欢欣,恐惧,更有那绵绵不尽的离情。她为这颤索着,她倚着门站在那里耸着耳朵,腿好像就要软瘫下去,她把右手插在衣襟里面,为了过度的抖战,手里那个完好的电灯泡几乎滑落下来。

远处响起了高亢而错杂的歌声,不整齐的脚步声,渐渐逼近,老伯母听去,至多离这拘留所也不过五十步了,于是她把右手从衣襟里抽了出来,运足了手力,咬紧嘴唇,把手里的电灯泡猛地向墙上一掼，接着，一个脆快的响声震撼了全室，更荡出屋外，老伯母疯狂般地向门外跑去，摇动着正在发怔的日本警察的臂，惊骇得几乎说不出话来：

"枪……枪……快快地……后边……那边的去！……"老伯母用手指着拘留所的房后，日本警察慌张地跑去了，口里吹起警笛。

老伯母踉踉跄跄地跑回监房，她打开了门，喘吁吁地说道：

"孩子们……逃吧……那边有提灯的……人群接你们来了！"

女犯们洒着感激的泪水，争握老伯母的手：

"老伯母，你也逃吧！"

"我等一等，……你们快逃吧……我可怜的孩子们……快吧……"

当提灯大会的人群经过拘留所的门前时，八个被禁锢了一年多无望的生命，杂在人群中走了。

半夜，日本人来查监，发现老伯母昏倒在甬道里。她是服了多量的红矾，中了毒，可是被他们救活了。

可是，五天之后的夜里，老伯母伴着二十几名不相识的男犯，由刑事科拘留所的特别监房里，被拖上为她往日所恐惧的黑车，那部车，秘密而神速地驰向郊外去了……

一个倔强的人

骆宾基

【关于作家】

骆宾基（1917—1994），原名张璞君，祖籍山东平度，生于吉林珲春。1936年流亡到上海，参加青年救亡运动，开始从事文学创作，写作长篇小说《边陲线上》。后陆续完成写作《东战场别动队》《罪证》《一个倔强的人》等。抗战后期，在桂林参与"文艺界抗敌协会"事务，其间完成短篇小说《北望园的春天》、自传体小说《混沌》等。骆宾基是"东北作家群"的后起之秀，其小说受到早期流亡关内的萧红等作家影响，以其卓越的才华和多产的作品丰富了这一文学群落的创作。

【关于作品】

小说《一个倔强的人》1941年写于香港，初稿的大部分以《仇恨》为题名发表于1941年《笔谈》第5~7期。后因战乱原稿遗失，作家在《笔谈》刊载稿基础上作了补写，1944年定名为《一个倔强的人》，由东南出版社出版。1982年收入《骆宾基小说选》时，再度更名为《胶东的"暴民"》，由湖南人民出版社出版。

　　小说写的是胶东一个"秦（琼）二爷"式的民间义士高占峰，为避祸参军，上海沦陷后返回家乡退居田园，在日军攻入县城时重新拉起队伍抗日的故事。主人公高占峰是一个严肃倔强、有着坚定内心原则的人。青年时代人缘好、威望高、讲信义，四乡八里的朋友们提起他都竖大拇指，说他是"秦二爷托生的"。年轻也会斗气逞强，在一次跟人赌牌时，他赌赢了青鱼贩子，晚上借宿在他炕上的人当夜就被砍死了，被日本警察署认作嫌疑犯通缉。为避祸他离乡参加了张宗昌的军队，不久被整编进了中央军，在一次逃离未遂后又被一支湘军部队收编，连年地混战、内战，一路从死人堆里爬出来，到1937年，他已经成为一连军队的准尉官。他厌倦了打仗，厌倦了朝不保夕、混乱不安的生活。在上海沦陷的那一天，高占峰从驻守的那座郊区废宅逃走了。逃亡的路上，他目睹了难民流离失所、命如草芥的悲惨一幕，生的艰难渐渐消泯了他对青鱼贩子的仇恨，他要回家。一个老地主在临死前把孙子小铁儿交托给了他，一路颠沛几经辗转，高占峰带着小铁儿回到了家乡。"老大"回来了，昔日的兄弟齐大海、齐宏业、柳世杰纷纷上门期待跟着他东山再起。这位当年的"秦二爷"，却意外地一如久绝尘烟的老僧，推掉了所有外面的热闹，平静地在家帮老父亲收拾菜圃和院子。然而安宁的生活终究还是再次被打破了，得知日本兵攻打县城的消息时，他像是从入定的梦中苏醒过来，"眼光又突然有所悟地那么明亮起来"，立即沉着老练地制定计划，把"干过红枪会的、信过白莲教的""反过洋教，烧过胶州铁道的"胶东乡民组织起来，在高粱地和胶济铁路上与日寇展开了殊死决绝的斗争。

这部作品的外在叙事是流浪小说的形式，主要借助人物空间上的行踪变化来推动故事。细读全文，我们能比较清晰地梳理出高占峰的行踪路线图：上海郊区朱家宅（所在军队驻地）——随逃难的人群在路上——经淮阴一路北上到胶州——齐家庄（家）——古埠、东山（抗日义军的集结和驻扎地）。这条路线图，构成了小说外在叙事的基本线索，是作品安排章节、设计情节的重要依据。流浪小说的叙事形态具有强大的包容性，足以把作家关注的20世纪三四十年代战争背景下动荡混乱的社会境遇、惶惑无助的个人体验最大程度地容纳并展现出来。

这部作品的内在叙事则是一个人的精神成长。主人公高占峰，一个传统的"秦（琼）二爷"式的草莽英雄，年轻时逞强好胜，有澎湃的雄心壮志，看不上父亲的"半亩菜园，一匹牲口"，为避祸外出闯世界；历经多年的战乱动荡、颠沛流离，慢慢对外面朝不保夕的生活生出了厌倦，"一心想回家，过几年安稳日子：就是替人养牛赶车来完毕他的暮年岁月也可以，只要睡有定时，吃有定刻"；辗转返乡，回归田园乡居生活，喂牲口，浇菜园子，自足又平静；安宁的生活被侵略者打破，原始彪悍的野性和倔强不屈的血性复活，重新拉起队伍带领乡民们奋起反抗。通过"内视角"一层一层地推进叙事，可以说，这篇小说写活了一个民间义士、草莽英雄在大历史洪流中不断成长的故事。

一

距离上海市四十华里，有一个小村落，名字叫朱角宅。住户全依靠种田过日子，有的农民还栽培一些欧洲种的花卉，一年四季供给上海富人们房屋里做装饰。平日的生活，所以全都过得很愉快。

一九三二年中日"一·二八"战争的时候，这里遭到巨大的灾难。房屋墙垣全部在炮火中倒塌下来，敌机的轰炸又使那些断瓦残壁散布开去。等到战争停止，住民回到这个平原上的小村落，那已经是一片废墟，野草在倾倒的屋顶土墙之间蓬勃地生长得掩没过膝盖了。不久，在这废墟上人们又建立起朱角宅的村落，终年劳碌着锄草、耙田、施肥、插秧，及至恢复旧观，每户农舍都有一条水牛，或者一匹阉过的黄牛的时候，一九三七年的日本军队又开始骚扰了。

现在朱角宅完全是一个死亡的村庄，所有的居民都带着他们所能带的衣物、粮米、牲口，向渺茫的异乡逃亡了。整个村庄空虚了两天，第三天黄昏，这才又有人物出现——一连中央军开到这里来，准备等待命令立刻出动。三里外就有日本骑兵出没，堵截的中国军队在附近有迫击炮阵地，所以整天不断的是那些爆炸的炮弹声，而且每当一声炮响，土地房屋就会震抖一阵子。四围却又听不到一点儿生物的响声，只要在军队里混过的人，都可以想象出那种寂静中的炮声，给予人们的屏息感，有谁敢放声谈论什么呢？可是一到夜间，兵士们就活跃了，仿佛黑夜给了他们一种保障，抢着军需处发给他们的啤酒、饼干、纸烟、牛肉罐头，放纵地高谈阔论。军官们身上也失去矜持自傲的态度；有时为了一个苹果，也会和三等兵争夺起来。虽然这样，两秒钟工夫，他们会排成一个搜索行列，出动。

然而这驻扎在朱角宅的一连军队，当晚上望见四十华里外的上海市空,矗立着三座火峰的时候,巨大的震恐从每个士兵眼睛上闪出来。所有的人都在低低交谈,被那三座巨火映得红红的面孔,越发渲染得他们的脸色惶惶不安。因为连部和营部失掉联络,电话早就摇不通,本来全连弟兄在惶恐无主中,惴惴不安,再加老远这片火光的煽动,全部士兵越发紊乱无序了。既听不见迫击炮阵地的炮声,又没有呼啸在夜空的步枪弹哨儿响,远近一片宁静,在火线上这是多么恐怖的一瞬间呀!

夜八点,连着派出两个联络兵去,回来都说附近村子连条狗影也没有,全是哑默悄静的,连长也就惶惶无主。弟兄们百口一声断定上海是全部撤退了,于是排长们集在连长室开会,房门关闭着,外边一点儿动静也听不见:情形就越发糟糕,有人开始向外溜了。

在这些兵士们里边,有一个准尉官,名叫高占峰。个儿很高,宽肩膀,有两只大手。看样子,有点粗鲁,谈话可沉着有力,从他那双有着严峻光辉的眼睛看,也能知道这人物难惹,既善良,又倔强。平日他的脸是红铜色,现在变作铁青。这种气色表明他内心已经产生某种打算,但又防戒别人会发现这种内心秘密的那种严肃的表情。现在他正捆着背包、绳子在稻草上跳着,偶尔发出嗤嗤的响声,可见这屋子里的气息十分肃静,之后坐下来,两手捧住头,久久望着他那双有补丁的膝盖,其实他什么也没有望见,他的注意力本完全集中在一个想头儿上。

"谁的睡帽?"他站起来,顺手一丢,本来他想借着顺手一丢的工夫,走出去,可是他的身子却在那瞬间又坐下了。仿佛许多弟兄都在注意他,实际上他自己也明白并没有人真的注意他,只在他谈话时,他们全向他望了望,及至明白是问那个旧睡帽,谁也不作声，又各自俯脸思索什么了，他们全都抱膝坐在稻草上的。每个人脸上，一色是死人气。

　　无论怎么样，今晚得溜出去，枪毙砍头，都随他去。心里又一次决定，高占峰用倒下去突然想起什么来的神气站起来，自自然然朝外走，在路过本排弟兄跟前，他还问："怎么样？快点儿弄好，想法弄饭吃。"因为伙夫在黄昏当儿就不见影，谁都明白是失踪了，然而谁都不提。被问的人有点儿惊疑，他从来极少用这种温顺口吻说话的。而当他要回答的时候，高占峰已经早走过去，并且和另一个吸纸烟的弟兄询问句什么。

　　"做什么去，高特务长？"连副在院子里问，他是负责监视弟兄出屋的，但这问话对高占峰很谦和，正像没有话说，又不好不说什么的朋友问人"你吃饭没有？"一样。

　　"看看，得想法……想法弄饭吃呀！"高占峰站住说，立刻后悔他不该站住，该用不屑理的口气，随便说句什么走过去就好了。现在却站在这里很严重似的。

　　"是得想法，不吃什么不行。"

　　高占峰终于稳声稳气走出套院的竹门外，通过前天井，现在他可以望见大门口的哨岗。

　　上海市空那三座冲霄的火焰，闪着深夜烽火所有的那种鲜艳的红金色，映得四围的星星，都黯然失辉，但高占峰站的这所院子周遭的墙、屋檐，却依靠那远方的汹涌火焰明显可辨。

　　高占峰溜到后院，攀墙跳出去。在草丛中伏身解下子弹带一丢，俯腰悄悄离开这座院宅背后的行人道。不管秋天露水多么浓，他让全部身子缩在丰茂的稻草间，两手分拨稻草，两膝贴胸跑起来。一会子，他蹲下听听四围有没有什么动静，一会儿，又屈膝站着，望望左近的秋野，他希望能找到一排作为路标的电线杆木，展在眼前的，却只有被上海夜空的火光所渲染得红雾一片的平野，这无边际的平原展布开去，给迷蒙的红辉所隐没，既分不清哪一片是稻田，也分不出哪一片是村庄。再加探照灯光偶尔单独出现，偶尔又几道来往交错，高占峰的眼瞳就越发迷离，连作为方向指标的北斗星都找不到了。

突然他望见一群人影朝自己这边潜进。他立刻匍匐下去，两手抱住膝盖儿，这样他的体积缩小，预备在滚的时候，响声不至于过高。

他不知道是自己走错了方向，已误入敌军阵地，还是在潜进的这一群人老远发现了他，而且把他当敌探来兜捕，他迅速骨碌开去，不久，他给一个高崖岗挡住，身子已经滚到石铺的道路旁边。

他悄悄巡视着，前边那群人影也仿佛偷偷向这条古老的乡村道路两边聚拢来。并且能够清清楚楚看见两只动荡不停的灰白的东西：是戴手套的军官呢，还是两只白色的马耳朵？给远方夜空那三座火塔的光辉反射得分不清楚。

四下什么动静也没有，耳里尽是一片远方的茂竹林子飘摇在秋风中的松涛似的呼啸声。高占峰胸脯贴地，埋脸伏卧许久，静待那些兜围人们的动静，心想，说不定那些人根本没有看见他，会从他身旁越过去，那么他可以不动，就自然而然地逃掉。

十分钟之后，他抬头望望，前面依然是那摆动的两个灰白的东西，仿佛他们也有所察觉地停在那里，又仿佛他们在那里计议什么。久久还是那样，既没有前进，也没有后退。高占峰悄悄分拨开湿淋淋的稻丛爬过去，果真那是一株矮树和几棵小松。他立刻跳起来，四围全是棉花田，那株矮树枝上挂着一双破草鞋。正像一般人受到一场虚惊所表现的苦笑一样，他自讥着……若是杀死一个人，不怪要发狂呢？人做亏心事总是这样。

现在他唯一的希望，是能很快找到石铺的路，为了防备走错方向，他扑奔那燃烧得夜空发红的上海市的三座巨火。

他觉得浑身湿淋淋的。不知道是窜过稻草丛时，衣裤给露水湿透了，还是他身上的汗水浸透的，那种濡滞的感觉，使他浑身发痒。

越过一条小沟，高占峰才站到石砌道上。看看三星已经斜歪，估量着赶到上海，多半得天亮。这时该有下半夜两点钟时候，却没有听见远近村庄有一声鸡叫。无论什么都是肃然的、寂静的。仅有风吹密竹引起的喳喳声，那算是这开阔无边的宇宙间唯一的响声了。交错在低空的探照灯光有两道熄灭，另外两道还有色无声地左右移动着，高占峰可以隐约地望见被照射的天空，飘动的小片白云。

在这充满死寂紧张的路上，高占峰一切欲念都死灭，只知道加紧步子走。并不是恐怕有人来追，而是切望能早一些离开这儿，离开这失去生物的前线，到安静的后方饱饱吃一顿，再平心静气地睡一觉。三星期来，他是太疲乏，太劳顿，一连串尽是些饥饱不定时的日子，他是多么渴望温饱和睡眠呀！

他不知道什么时候竟走到两旁有茂草的土路上，走两步，那灰色土路现出一段，走两步那灰色土路又现出一段来。到底这是通到什么地方去的？他离开石头道有多么远了？他是只觉得一闭眼睛心儿恍惚的当儿，他就走进这竹林边上的土道上来了。正当他考虑是不是该朝回走，找原路的工夫，他望见竹林背后一个正在燃烧的村庄，只从这片黑幽幽竹林间透出来的烟火，以及断垣残壁来看，就可以知道那村庄在寂静中燃烧着，至少也有一整天。高占峰立刻转回来，他对那没有人声狗吠的燃烧着的村落，对那自由自在喷吐烟火的声音，感到巨大的恐怖。

退出竹林，闪在眼前的又是那三座巨大的火峰，越离那火峰近，他越觉安然。而他需要迅速离开这儿，很快能饱吃一通，安安稳稳睡一觉的念头，也越发急切，现在他只希望有支纸烟抽，他的脑子混混沌沌，烟欲旺发。不久，他觉着自己是在爬一座高山，四周全是蔓延开来的野火，一辆火车从远方奔驰而来，喷吐着黑烟，又仿佛那不是火车，是一个大的烟斗，同时他自己也还觉得自己是在走动着，两腿迅捷有力，向前走着……他还听见那个大烟斗发出汽笛的声音，那声音又和另一种隐约的"口令"声混合了。他发觉自己已经是在公路上，远远确有喊口令者的雄起赳盘问声，以及嚅嗫的对话声，高占峰并没停脚，相反，走得更快。

若是发觉有人走来的话，他一定会迅速地跑去。他现在清醒了，他决定得在天亮以前，弄套民装换换，在公路旁边一个死亡的村子里，他开始寻找灯火，巡逻般穿过这条街，走过那条弄堂。有的门上加锁，有的墙高跳不进去，打窗又怕惊动人，谁敢保这村庄没有汉奸或者军队的步哨。

在最末一间茅草屋的纸窗上，有火光一闪。高占峰立刻摸过去，他断定那是划火柴的光。他想若是军队上的人，他只有逃开，若是没有逃走的老百姓呢……偶尔他起了一个念头，在这寂无一人的村子，他可以杀死他，因为他身上只有一角的中央钞票……他的心口立刻猛烈地跳起来，一秒钟之前，他还是一个善良的人，这瞬间他已经准备做抢劫的土匪了，他轻轻靠近那矮屋子的窗口，背贴土壁，两只手掌反贴着墙站住不动。

"来……阿荣。"一种深夜里似醒未醒的朦胧声音，"妈……抱你撒尿。"接着是孩子被搅醒后的哼鼻声。寂然两秒钟，又有"嘘——嘘——"声发出来。

"听话呀！撒尿。"夹着妇人发出的微微呵欠声，这话就格外模糊，"……尿……嘘——嘘——"

"什么时候了？"一种醒来的男人声。

"鸡叫头遍的时候。"

"怎么没有炮声？"

"上半夜就没听见——好了，睡吧！"那孩子哼鼻欲泣的动静低下去，屋子里又一阵沉静，不久又有一种敲烟管的声音。

"老板，开开门。"高占峰开始轻轻敲窗。这时他心里另外一种无声的声音问自己，"是不是应当动手呢？"

屋里没有一点儿声音。高占峰心里另一种声音说："傻瓜，为什么不来一手呢？"

"老板，开开门。"他第三遍低低叫着。那声音含着一股威力，里边终于响了。问外边是谁，是不是前线退下来的，是一个人吗？在他问话的时候，高占峰心想："没有带枪，假若他里边有准备呢！"这样一想，他的心神又稳定下来。他敲着窗口说："老板，你开开门，我进去抽口烟好了。那么你有破衣服给我一套吗？"

"破衣服？你是受伤了吗？……那么我在窗口掷给你。"

就这样，高占峰手扶着墙，换掉湿淋淋的衣裤。上衣是破得稀碎的农民棉袄，下身是一条夹裤。窗口探出一个人头，并且掷给他装好的一支烟管，问他是不是受伤很重，若是饿，他可以给他递点儿锅巴吃。高占峰现在完全放弃他的冒险打算，他不是受他的话语的感动，而是完全由于他内心一种天性战胜了那私欲，他一边抽烟，一边想："为什么要起那种坏念头，真是奇怪。"

"没有一条腰带吗？"

"没有呀！同志！我们的队伍都退下来了吗？"同时窗纸上透出另一个人的眼睛问道，"我们完全都逃光了，说是鬼子打进上海去，那火就是他们放的，烧了一天一夜了。"

"我们是撤退了，我腿上受了伤，若是你们能给我条绳子扎腰就好了。"他不知道为什么自己又说受了伤，而且这话在现在是毫无意义。现在他觉得寒冷。

是秋季天傍亮时候所有的那种寒冷呢，还是因为脱掉那湿上衣，初穿上干燥衣服突然觉到的呢？他弄不清楚，一阵阵打着寒噤，得不到小绳，他又开始讨口碎烟末抽。

十分钟之后，高占峰匆匆上路，因为抽了几口烟，他的精神很健旺，脑子也十分清爽，觉着眼亮脚又轻。

前面上空，依然是那三座辉煌的巨火。依方向估计，似乎是沪西上空那座火峰的火势，已经减弱，被另两座金黄火光衬托得现作猩红色，并且这鲜艳的猩红色给狂舞的浓烟障翳着，时而明亮，时而暗淡。背后那边也依然是寂静的，既听不到炮声，也望不见枪火，连盘旋在上空的探照灯光也没有了。这时候高占峰却想到刚才突起的抢劫的念头，若是身边有枪，说不定他会做出什么来，可是现在他对刚才的念头很吃惊，仿佛不是他，却是另外一个什么人，那一瞬间，简直是那么可怕，这种可怕的情景，深深印在他的脑海里，他庆幸着自己，现在他的心灵是这样纯真而且愉快的。

二

　　高占峰听见远处传来狗吠的声音，他猜摸着，一定离有人家的村落不远了，心仿佛得到安慰，这时候天还没有亮，正像当年流落在外省的光身汉赶夜路一样，他第一次想到他最初离开家乡的情景。那也是像现在一个没有月色的秋夜，远近也是这样的寂静，偶尔也有一两声怅惘的狗吠声，他正和他的兄弟镰头赶二十里外的早班汽车。鸡叫两遍的时候，镰头就叫起他来了，那是他特意从一个财主庄上赶回来送他出远门的。他在那财主庄上有名的地主家中做长工，夜里偷着来家的，当天早晨还得赶回去，因为正是收高粱的农忙日子。而高占峰呢？是欠了一笔很大的赌债，上头有父亲当家，他不得不秘密地偷着出远门了。

　　他在家乡本来很有名气。那时候北伐军队正占领山东，他已经是张宗昌号召下的红枪会领袖了。因为当地年轻力壮的人，大部分到俄罗斯，到黑龙江，到印度经商去了，留下来的精明能干人物，着实太少，而且他有一个好人缘，另外他还跟随本村的一个戏班子走过外县，跑过沿渤海的码头，见识多，交往也广，这就奠定了他的威望，差不多三四十里内外，提起高占峰，没有一个人不大声说："他妈的！那个家伙真是秦二爷脱生的。"正因为他建立起威信，所以赌输了一笔巨款，既不能放赖，又不能拆家当产，于是投奔青岛一家亲戚，过了两天，就在日本纱厂获得一个杂工的营生做了。

　　整整一年，他省吃俭用，每天阴沉着脸上班，夜里睡梦中也是郁郁不欢，终于在第二年秋季，他把全部积蓄汇到家乡去。当还清那笔赌债，得到镰头一封信，说是全村的人，没有一个不夸你的，从前说"那家伙，还不是个骗子手"的刘四，也说"高家老大，哪！真是！硬汉子"的时候，当他知道家里依然是在父亲名下保守着五亩小麦地、半亩菜园、一匹牲口的时候，高占峰完全恢复从前那种兴致勃勃的精神。不久，也就重新在赌场里日常出现了，并且很快得到那些赌友的尊重。他们包括厂工、鱼贩子、脚夫、赶货车的人，还有几个每夜必来的货郎。这些货郎每天来往乡村和青岛之间做生意，挑去的是乡村妇女穿的花布、洋袜、镀金首饰、顶针、各色绣花线什么的，等黄昏他们就把交换来的鸡蛋，送到经常收买他们所换物的屋主家里去，而得来的金票，也就毫不吝啬地亮在牌九摊上。

所有的赌手，统称呼高占峰作"高大哥"。若在谁赌输了一时拿不出现款，赢主就会说："那么你找高大哥说一声吧，只要高大哥说一句话，不会让你出不去这座大门。"可是输主往往不肯，并不是怕高占峰不给脸，就是陌生客他也从来不使人失望，而是怕一经高占峰经手，那么到了日期还不上，可就再没有脸再在这圈子里插足。其实到时候，付给高占峰他往往又是疑迷不解地问："什么钱？"同时他的两道眼光从帽子底下炯炯地射出来。等到说清楚，他立刻会缓和地说："不用了吗？你要是不凑手再说话。"他从来很少嬉笑，不过浑身是充满愉快的那种冷静人物。

这天，该当有事。高占峰刚想到一个贩花生的乡亲那儿去，在他经过朝鲜赌场的门前时，照例被许多赌友招呼进去，他们正愁没有人做庄，高占峰正像他的赌友们所说的："是个见牌九，像蚊子见血的人。"于是开始了五十元金票做底的赌局，坐到庄的位子上。助手是齐大海，一个渔船上的水手。此外是那些面熟的赌客，就是有些新手，那时候谁还注意呢！一开始，人们完全给骰子、牌九、钱注吸引住了。再加银钱的叮当声、钞票的窸窣声、低谈声，若是兜里给人伸进手去，也不会感觉到。何况人挤得满满一小间，又加纸烟在空间凝聚的雾气，根本就看不清后排的人。

他们正在兴高采烈的当口，一个男孩从人们大腿丛间，窜到牌九摊跟前："大叔，赵大爷在那儿等你，他叫的一桌酒快凉了。"高占峰知道"那儿"指的是一个下等妓女馆，他正恋着一个叫香君的少女，当时他说："你先回去告诉一声，我完了局再走。"又注意到骰子："几点儿？"

"可是赵大爷要你马上就去呢！"

"那也得完了这把末水牌呀！你先回去，我这就去。"

结果，他赢到二十元的样子，就吹吹身上的纸烟灰，站起来，他手里还拿着一根剥皮的香蕉，向嘴里送着："锁了呀！我得去看一个朋友。"香蕉又离开嘴唇，那两道炯炯眼光又从帽子底下射出来："怎么的？"他发觉围绕他的一小组人，阻住他的去路，并不闪开。

"没有这个规矩，朋友。"一个瘦脸膛的青鱼贩子说，"大家都是在外边混饭吃的，见过火轮，跨过渤海，是吧？"

"你这话是对谁说的？"

"他新来，不知道水深浅。不过我们在这里和人家玩却……"

高占峰闭住嘴，两道眼光直直凝视着那个青鱼贩子，所有的赌手都沉默住，可以清清楚楚听见汽灯发出的嘶嘶声。

"好的。"高占峰仿佛考虑很久才决定下来似的，"可是只玩一方！"他仍旧望着那青鱼贩子：显然若是对方不允许，那么立刻会爆发一场斗殴，但他的牙齿却在轻轻咬着香蕉。

"中呀!"有人说。

"一方可不能限注?"

"中,随你们押,不过满底不满底,完了这方,锁局!老齐!洗牌。"

第一把,青鱼贩子押天门拾元两道。高占峰向这笔巨注望了一眼,然后若无所视地说:"都好了吗?那么拿开手,要打骰子了!"

"你打你的骰子好了吗?"

高占峰那双锐光炯炯的眼睛第二次向青鱼贩子望着,这次的眼色却是严肃的,也没有作声,仿佛一个中年人当申斥一个做错事的孩子,没发言前,严肃地望着他一样。随后,仍旧环顾着说:"都好了吗?那么可要打骰了。"其实,他自己也知道该早打骰了,不过他不想在青鱼贩子那种命令口吻之后打骰,所以两手又搓着骰子问:"老齐,这末门一元金票是谁的?拐子吗?孤丁可不错,一元赢三元。"在他说话时,他深深觉到有一双尖锐的眼光朝自己脸上射着。他仿佛望见青鱼贩子的阴沉可怖的脸色。他虽是没有正眼望他,可仿佛连那汉子的颤抖的嘴唇都注意到:显然青鱼贩子要说什么而没有出口。实际上青鱼贩子的手都在抖,他的话没给庄主接受,本就不欢,再加对方那种故意的谈吐自若,他感到一种巨大的侮辱。

"别打骰子。"突然青鱼贩子说,同时低脸朝腰围里摸钞票,"别打骰……"

就在这瞬间,高占峰迅速地丢出骰子去。他并不是恐怕那汉子会下一笔更大的赌注,而是要表明自己并不看重他,把他的话丢在轻蔑里,他有意在他高呼"不要打骰"的声音中,神色自得

165

地丢下去，正像山东一句俗话所说："单单要这股劲儿。"

骰子一个作为五，另一个在迅速地旋转着……牌桌周围站立的人们，开始向前拥挤："什么？""几点儿？"有人问。他们的眼光，全凝集在那颗旋转不息的骰子上，只有青鱼贩子的尖锐眼睛，还在直视着高占峰。他们两人一样，现在都不关心钱的输赢，所宝贵的是在精神上的胜负了，青鱼贩子知道对方能够知觉自己现在是怎样愤恨地望着他，正像高占峰也知道青鱼贩子能够明白自己望着骰子的眼睛，实际上什么也没望见一样。

"在手！九在手。"

高占峰用眼睛找寻这喊第一声的人，仿佛找到他，要训斥他一通似的，但终归没找到。于是平心静气，低头分牌。

天门是长三九点，初门是天九王。庄上不声不响，首先揭开一张是地牌，不声不响又翻开第二张，是八点。周遭立刻一阵屏息很久之后的吐呀，交谈四起，货郎当中有人叫："庄家手红，九点都给压了。"鱼贩子们和脚夫都悄声悄气互相低问："你输了多少？""你呢？"

庄上吃天末两门，除赔有剩头儿。

第二把开始。高占峰环顾一周，稳声稳气地问："天门那个手巾包是多少？"

"不用问，你打骰子好了。"青鱼贩子满脸发青，暗沉沉地说。

"那不中。"高占峰说，"我总得知道个影子。"

"就是这趟船的鱼钱，连船脚都在里边。"

"多少？"

"不多，三百二百的。"

"中，要你的。"高占峰说，"押头道吗？"

"自然头道了。"

"大家放开手，呵，放开手。"齐大海卷袖口，两眼贼溜溜的。高占峰并没有向骰子吹气，或如一般赌庄在遇到大注掷骰时所有的震天呼叫，他只轻轻投到牌角上，按点分牌。

这时货郎们对自己的赌注，却看作不足轻重的，不过是押着凑凑门数罢了。多半人的眼光，都集中在青鱼贩子拾到手的那对牌。后边那些歇手的厂工们，围在鱼贩子们身后，向前涌，巴望能亲眼看到决定那笔巨大赌注命运的牌点儿。但谁都望不见他手里的牌面。见他的两手挂着，脸色苍白，手掌几乎把自己眼睛遮挡住，只有这样，他才能不使周遭的望见一点儿红，结果，有力地把牌丢到前一把的牌堆中。嘴唇间现出一个笑，给人一个极凄惨而可怕的印象，像是一个死人的微笑。他僵尸般坐在那里，眼望着齐大海的大手伸过来，把那小手巾包儿抓过去。

第三把，青鱼贩子没下注，两手捧住头，手指插入头发里，依然失去知觉一般凝望着什么。直到最末第四把，才突然站起来："慢一步打骰，磕头的哥儿们。"声调非常严重，人们都向他望着。这次高占峰接受他的请求，静待他的赌注。

一个极迅速的动作，当青鱼贩子俯身而起的那秒钟之间，一片血淋淋的腿肚肉掷到桌上，染血的尖刀向桌上一按："押天门。"

屋里立刻静了，都能清楚听见半里外中山大街的电车隆隆声，仿佛人们在这寂静的一刻，立时明白了这里发生的事情，各种低谈声音重新响起来。有的离开座位，有的用他们眼睛向别人说："这不是儿戏呢！"

"何必呀！都是自己乡亲。"货郎走过来说。

"这话说得有理，老家都是对门对户，三里两里的……"

"咱们用不着说什么！"另一些鱼贩子对货郎们低声说。

高占峰的头一斜，意思是让那货郎站在一边儿，有什么天大的事情自己来挡。他的嘴唇含着纸烟，一只眼睛被那烟丝刺激得微微眇斜着："可就这一把末水牌了，朋友！都是孤丁吗？"口吻睡沉沉的。

"拐。"青鱼贩子说。

"中，要你的。"高占峰这时的脸色很苍白却有笑意，至于是故意表示蔑视，还是真正讥讽这一个耍光棍的汉子，那可是不易知道。

按照四门分开牌，初末两个空门先亮出点儿，一个短五，一是"对金瓶"。青鱼贩子和庄上的点儿，握在个人的手里。

"先亮你的，还是先亮我的？"高占峰问。

"你的！"

高占峰摆出一对大五，青鱼贩子脸色一阵灰白，是多么可怕的一双眼睛呀！他的前额开始滴下一粒粒的汗珠儿。

"再见。"当高占峰经过青鱼贩子跟前睡沉沉地说，一如平常日子似的从从容容走出去。

当夜，高占峰没有回自己的住处，而那晚在他炕上借宿的一个朝鲜人被斧子砍死。脑袋全剁成碎酱，显然在他死后，凶手还不饶恕他的尸体，连两腿砍断了。高占峰被日本警察署认作谋杀嫌疑犯，下令通缉，于是他离开那沿海的都市。

最初，他投身张宗昌部下做士官，不久又受中央政府的改编，一年前，在他领章上加了一道金线两颗星，但他并没欢喜。他的脑子一直是印着青鱼贩子那两道尖锐的眼光，唯一的忧郁，就是他还没有得到报仇的机会。

今年夏末，大战还没正式开始；他供职的那一军奉命开拔南口的路上，他第一次开了小差，半路上又给这支湖南军截住，补作准尉开到上海市附近来。开小差，并不是怕上火线，最大的原因，在自己的仇恨没能报复以前，他不想投身在生命随时可能葬送的战场上。这也是他所以不愿离开山东的原因，另外还有一层，就是他对于这种昼夜劳碌的生活，感到厌倦，而且自觉体力一年不如一年。那种青年期所有的顽强的生命力，和追求财富、权势的勇力，已经消逝。像饱经世故而一无成就的常人一样，一心想回家乡，过几年安稳的日子：就是替人养牛赶车来完毕他的暮年岁月也可以，只要睡有定时，吃有定刻。以上这两种愿望，那时并排着没有轻重，但这次开小差，后一种心理已经把前一种埋没了。"唉！时候过了，也就算完，还争什么强，要结下下一辈的冤家对头吗！"每当想起青鱼贩子来，他会这样对自己叹息。

高占峰感叹地走着寂寞的夜路，需要抽口烟的欲望又燃烧起来，脚步也逐渐沉重不快。

远方传来一两声鸡叫，这是第三遍的鸡啼声，眼看天要亮了，附近的池塘上飘浮起乳白的晨雾，阔野的雾气，则用一朵朵烟的姿势，游荡在自由的天空。

上海的火光随着星辉暗沉下去，只见三片冲霄的黄烟高高矗立在那儿。

三

等到高占峰脑际唯一活动的由烟欲和渴欲而有的意识熄灭后，他的脸色困顿，完全像一具走动的尸体一样了。虽然脚步还机械地向前迈着，虽然他鼻孔里还有鼻息声，然而一切感觉却是死的了。

他曾经渺茫地开启过一次眼睛，那像舞台开启幕布一样缓慢。他似乎望见远的翠蓝色天空和飘展着的乳白色早雾，但却没有注意到现在他是置身在出亡的人群丛中了。

那些逃亡的农民，挑着谷子的，负着粗布口袋的，牵着耕牛的，抱着孩子的，全越过高占峰，把他摒弃在身后。那些穿着马褂的地主和阔气的乡绅，现在和褴褛的农民们一样拥挤着，呼唤着落在身后的家族，向前汹涌。

人群沿路增加着，本来听到国军撤退的消息而抛乡出亡了，等到一见公路上这些汹涌的人群，立刻又受了感染，更加惊慌，插进来就用手分拨着人流向前走。谁都怕给并肩走的人丢落，谁都又想把并肩走的人丢落在身后。而且没有一个人回头，就是呼唤家族的人，也都面向前喊，而注意着身后的回音。并且呼喊声越来越杂乱，足见在这人流里的家庭细胞，逐渐破碎、逐渐溃散得越来越多了。然而高占峰像泛浮在洪流里一块大树似的，缓慢地走着，任凭后面的人流会浪逐波似的超越到他前面去，他完完全全没有感觉到似的。他是这样的疲倦、困乏。

当他渺茫地开启眼睛又闭瞌的那瞬间，他确实望见翠蓝的天空和飘散的乳白色早雾了。但他没有望见他四围的人群，那时他觉得自己是在一群绵羊队里走着，他呼吸到飞扬着的尘土气味，他望见那绵羊群的奔腾的蹄子，心想超到前面去，呼吸点清新的气息，然而脚底下仿佛时时有障脚的东西。一匹有着两只大而粗的弯角的绵羊，昂着头，时时想跳过前面的羊尾去，只见他的眼光闪着焦急的火焰，红红发光，原来他是漂浮在解冰的河流里，眼看要淹死了。那些破碎的冰块极迅速地回旋着向前汹涌，河流又急，而有力地冲向前去。他自己的腿几乎站不稳，水漩就在他两腿周围回旋着。冰块又是那么迅速地漂闪向前，漂闪向前，隐隐又听见河流的澎湃声，原来是远处的灾民呼号求救，但又看不见……高占峰觉得左肩是这样沉重，醒来，发现满耳尽是匆匆的脚步和呼叫声。

第一眼所望见的就是炫耀眼睛的金黄色的午阳，这正午的冬季的温暖的阳光，立刻使他的生命意识复活了。他望见了笼罩上空的尘烟，黄蒙蒙的在阳光下浮腾着，左右全是些难民，而他是随着这乱杂的人群，向前流着，确乎是不由自主地流着。不能停脚，不能立住，假若是你的心意，想停下休息一会儿，身后的人群有股推动的力量，就会冲着你前进，像洪水冲着漂浮的树木一样，即使两脚离地，也会流向前去。

高占峰立刻从那些紧张的脸色上，从那些阴沉的眼光上，感染到对尾后的恐怖，仿佛日本军队就在距离不远的尾后追击着。

他望见身旁一个健壮的农民，满脸全是污垢，袒着胸，手持一根扁担，眼睛有股火焰望着前方，并高声咒骂着，给自己听。仿佛他所愤恨的人物把他摒弃了，口语中他是把所挑负的贵重物件抛弃了做报复，然而他还留着扁担。谁也不知道，他还留着扁担做什么，那仿佛比贵重的家当还珍贵似的，实际上他已经惊慌失措了。

高占峰的右边是一个光头汉子，一边迈着匆匆的脚步，唯恐给人丢落似的，一边用两手分拨着胸脯前边的人们的肩臂，又仿佛他要抢先上去似的。而且向空高呼着。只望见他张口呼啸时，眉额间闪出一团儿红的血气，然而可听不清他到底是呼喊什么，因为这声音虽是很高却和立在瀑布前说话一样的模糊，不是呼喊声小，而是人群各种高昂的声音太混杂了。只见他一边高喊，一边向前分拨着，可是他的两手永远是没有插入人们的臂空间，而他自己根本也没有注意那两手是抓扑什么，力量全集中到呼喊和侦听应声那上面去了。高占峰向他身旁靠了靠，为的是闪开左肩上的手掌，那瞬间，他回头望了望。原来身后依旧是密集的逃亡的农民群，从人群空隙间，可以清清楚楚望见许多水牛的宽鼻和犄角。鞭打牲口和骂女人声，混成一片，原因是她们和水牛一样地追赶不及她们的亲族，而且阻碍着别人的行进。在那同一瞬间，给高占峰的印象最深刻的，是身后的一个老婆子，正是她的粗大手掌扶着他的左肩，由于他的躲闪，险些栽倒，她肩上背负的一件粗布包袱，却由于她的身子那一倾斜而掉落了。高占峰又回颈望她，只见她俯脸寻觅似的一边嚷："我的包袱！我的包袱！"她要俯身，却没有弯腰的空间。其实失落包袱的地点早已走过来了，显然她要停下而又站立不住，她是用手推着高占峰的背脊以便借力停住的。本来她是沉默着的，现在高占峰也听到她的咒骂了。正巧有一匹耕牛阻住路，那个袒胸的农民用扁担在它臀部敲了两下，从它身旁越过去，高占峰也随着挤过去。他自己现在是完全无主了。他不知道自己是打算到什么地方去，更可以说他根本不知道自己混在这些出亡的江南农民的群众间，扑奔前方的什么。他尽在观望着左近的人物而又一无感触，完全像一个五岁的孩子似的，既没有觉得那个壮健农民的愚蠢样子可笑（他在越过那耕牛还回身用扁担敲了两下，虽然牛主高声骂着他），也没有觉得那个失落包袱的老农妇可气，虽然他听清楚是骂自己，可是又仿佛她是在骂另一个自己。

现在他的左边是一个地主型的老头儿，怀中抱着一个男孩子，那两腮红润、满胖，眉毛和嘴唇同那地主一样沾染着灰的尘土。那地主戴着瓜皮帽，左手有个翡翠戒指，只从那充满脂肪的圆润手指上，就可以知道他是出身县市中的富裕主儿。他的眼睛阴沉、渺茫，脸色又是那么困乏，没有一点生气，时时寻望着周遭的人。

高占峰突然发觉他的眼睛望着自己了，那目光变成一种求怜的，高占峰立刻解悟到他的心思，就伸手抱过那男孩子，而且一句话也没说，从他的眼睛上，也读懂他的言语："我实在太累了！上帝保佑你！"这无声的语言，深深传达到高占峰的脑际里，比那喧腾的人声，比那祖胸农民自顾自的高声咒骂，是这样的清楚、明白。只见那江南地主就着高占峰的怀抱，给那男孩子用袖子擦了擦嘴唇——被黄色尘沙封闭的嘴唇。既没有说感激高占峰的话，也没有露出轻松的微笑，他是那么的疲倦、衰老，眼光又是那么阴沉、渺茫。只有离开了几世代的劳动培养出来的土地，才有那种眼光，只有抛弃了几世代养尊处优的温暖家乡，才有那种眼光。渺茫呀！渺茫。然而他却没有放缓脚步，仿佛匆匆奔走着的，不是他自己。

人们开始抛弃身上的重负，呼喊声逐渐减少。到黄昏的时候，除了沙沙的混杂脚步声，只有用鞭子驱赶牲口和催促女人的声音了。沿路有破坏的卡车、裹着树叶子的救护车，给人们推到路沟去，沿路有抛弃的衣箱、手提包、衣裳包袱，被丢在路边上。

人们是疲倦了。

黄蒙蒙的尘雾却依旧飘扬在这条公路的上空。

高占峰清清楚楚听见那江南地主说："不要睡呀！长官——我来抱吧！"

"中呀！我不会睡！"他的脸全埋在尘垢里了，那尘土沾染着汗润，更像是一个垂死的人。

四

夜晚，这杂乱的逃亡民众停顿下来了。就在那公路上，抢着睡觉的位置，谁都要把脚伸开，想占得面积长一点儿，谁都要在身旁摆布下仅有的没曾抛弃的包袱、藤箱，借以占领的地面宽一点儿，注意完全集中到布置睡眠的面积上了。其次是争抢着到两旁路沟去取水，那混浊的污水，已经成为最珍贵的饮料了，他们珍惜着，为的是用来烧饭。为了一块做灶用的砖块或石头，他们的眼光是那么尖锐、犀利，彼此争执、咒骂。直到火光的行列在这条公路上远远展布开去，而深灰的夜空出现了繁密的星星以后，混乱的声音才逐渐减低，可以清楚地听见人们的叹息和妇女的哭泣，那是他们在安排好肉体的一点点可怜的享受——就是有了睡卧地面而且饭锅在火焰下嘶嘶作响了，才渐渐恢复了死亡的意识。叹息着他们抛弃在家乡的土地，还没有收割的庄稼（仿佛收割到谷仓里，他们就会安然一些，从来不想是不是也得抛弃），怀恋着祖遗的古老而衰败的家屋和菜园、树木、祖坟。而妇女们则叹息着遗弃在家里的母鸡，她们不知道它们是不是露宿在屋檐下，而且后悔着临走忘记了把它们赶到屋去再锁门。有的还关心着忘记扣锁的嫁妆箱子和心爱的家具，于是擦着鼻涕低声地哭泣起来。最触耳的是一个高昂声音的哀词："菩萨呀！你叫我们怎么过呀！都完了！都完了！什么都完了！"并且听出她大声地哭号的声音，可以想象到她是怎样地前俯后仰，怎样地用手掌拍打着膝盖。

高占峰就坐在她的左近，我们必须谈谈高占峰这时的感想。当高占峰随着队伍席地而坐的时候，就和那个江南地主低声地谈起话来。

"咱们怎么样呀？"那是说吃饭和睡觉。

"我这里还有钱。"那地主叹息一声说，"你吃吧！我不饿！"

他的阴沉的眼光，仿佛在望一种渺茫不见的东西。既不注意睡在高占峰膝头的孩子，也不注意高占峰的神情。在他独自的思野上孤立着，仿佛他是置身在前不着店后不着村的旷谷里的疲倦旅人一样，连他心爱的孩子也摒弃在关切之外了。

高占峰没有问他的姓名，只知他呼唤孩子作"小铁儿"，也没有问他的家世，而且又像完全是彼此相知很久似的向他讨了一元法币，借以恳求邻近的烧饭主儿的施舍。他是这样的饥饿，而且口渴。他的视觉，只是反映着周遭的灶火，嗅觉只是感觉到饭香，除了稻草燃烧的声音，他什么也没有听见。他身后那烧饭的农妇，是个贫血而又早衰的女人，火光闪耀中，她的脸色更加惨淡可怕，蓬着头发，在喃喃道："逃，逃，我们逃到哪去，又没有三亲六故……还能找着小囡……"说着说着，就用包头巾擦眼泪，同时还注意着灶火！"她爷爷能抱动她，不会半道丢了……"

突然她放声哭起来："我的菩萨呀！怎么还不把我带去呀！"

"我说等会子再找，等会子再找！你要找死呀！哭……"

高占峰望不清楚那汉子的轮廓，由于灶火的反射，他不知道那汉子是坐在她身后，还是脸朝天躺着。他从那哭泣的女人手里，抽出她握着的一把稻草，她连望也没望，就随他去烧灶了，正像在痛心哭泣的人，手里的东西被人拿去的时候那样不关注。

直到高占峰吃完饭，才注意到另一个声音，高昂的女人的哭声。然而自己又是这样的平静,平静得近乎空虚。那时候,初冬的夜风,并不大,可是他寒冷,然而又不想趋火取暖,就那么直身躺着,曲肘枕在脑袋下,眼睛望着战栗的星星又似不见,左手抚摸着睡在臂上的小铁儿而又不知。正如一个在深思的人,不觉自己的手在做什么一样。你说神经麻痹吗?他又确乎听见遗弃在田野里的秋稻在夜风下的低叹声;你说他脑际真的在思索什么吗?他的在黝黑而有火光闪映之间的眼光,又是静水春池一样的平静。

"小宝儿!小宝儿!在哪呢?"高占峰听见一个女人的呼唤,声音是低微而神秘,使他突然有种遇见星夜的女妖一样的感觉。他一斜脸,正巧遇见她的又冷又迟钝的放光的眼睛,她是俯脸向他观望的,眼睛几乎触到他的鼻子。又弯着腰走过去,在幽暗的气色里发出那使人恐怖的低唤:"小宝儿!小宝儿!你在哪儿呢?"逐渐远去。

高占峰到现在才发觉夜是深了,只从周遭的鼾声,只从连低微的叹息都听清楚的寂静,只从那远处传来的老婆子喃喃祷告声,只从那近旁耕牛用长舌撕裂田里稻草的动静,高占峰觉得是夜深了。

然而他的脚下还闪着一点红红的火辉,是什么人还在那里抽烟,沉默地、忧郁地,偶尔还发出一声低微的叹息。从这耳熟的声音里,高占峰辨出是那江南型的地主,仿佛眼前立刻现出他那脂肪丰润的手指,和那手指上的翡翠的戒指。

"好睡了呢!明天还得赶路。"高占峰说。

然而没有听见应声。

——可怜的老人!高占峰心里叹息着。突然想到那些被他遗弃在前线上的弟兄。现在他觉得他们是那么使他怀恋,仿佛每个人都是可亲而又可悯的，他们是那么粗率，愚昧而又那么善良的人民。一般人在高占峰这样情形下，往往都是宽恕了人们以前给他的不欢，忘记了某个弟兄的坏处，想起了他们每人有每人不同的好处，变成全是善良可亲而又愚昧可悯的了。他想：他们是不是撤退了呢？又幻想着当他们发觉他的失踪，所有的情景……就这样睡了，没有做什么噩梦，睡得又平静，又甜蜜。

当他给深夜寒气冻醒的时候，觉得脚冷，谁在他身上盖了一件短的棉马褂，由于这一发现，他睁开眼睛坐起来。第一眼望见的，是月辉，广阔的江南冬季的田野，密密的竹林，发着幽静光辉的池塘；而展向远方的公路两端，完全是密集的困卧的人群。

"醒了吗？"高占峰听见有人问。

他望见那江南型地主盘膝坐在他的脚下，手持着烟管。一朵一朵烟雾，从他鼻尖前上升着，在月光下，是那样的清楚，越发觉得月夜的幽静。他的眼睛，现出温柔的光辉，说道："你是到哪儿去的？"

"我吗？想回胶州。"

"你是胶州人吗？"

"是胶州，可是出来跑了十多年啦！"

"胶州还有家吗？都是什么人？"

"三口子人。出来的时候，我兄弟还没有娶媳妇，如今恐怕连孩子也有了。"

高占峰不知道自己为什么这样平静地述说家世，更不知道对他为什么怀着一种可亲的感觉。看来，他的脸色是平静得完全变了，眼色不再那么阴沉了。在高占峰说话时，他还嘱咐着："把马褂披起来吧！不要受寒，明天还跑路呢！"

"你是什么地方人？"

"真茹。到过吗？"他又问高占峰是在什么部队，怎么单独地退下来，听到高占峰说"开小差"也并不惊奇，只叹息一声，仿佛是说："是呀！有什么法子呢？"然后说："你听，从昨晚到现在我没听见一声炮响，我们这边是撤退了，可是一路怎么没见到我们中国的军队呢？"不听高占峰对这问题的解释，就改口说："你不抽袋烟吗？今天跑得够累呀！"

高占峰接过烟管说："我们是不是到松江去？"

"也许是吧。"他说。显然脑子还在想另外的事情，因为高占峰听见一声短促的叹息。那叹息寓有一种自慰感，仿佛说："还想什么呀！什么也不要想了！"

高占峰再说什么话，他就唯唯唔唔的，说话人就知道他根本没入耳，心想：他该睡觉了。这时月光给一片浓云掩蔽了，四周又是漆黑的任什么都影影绰绰。岂知高占峰抽完一袋烟，而月亮重新现出来的时候，他望见那地主依然盘膝坐在那里，用手按着宽额。

"你还不睡呀！天快亮了！"高占峰说。

他突然挪开手，仿佛对自己的凝神深思的姿态吃惊似的。他说："你睡吧！我不困！"说话的口气，又恢复了先前的平静。

高占峰倒下去，望着星星，望着又深远又广阔的天空，想到冬季在家乡的村舍里是多么幸福，有暖炕，有炭火盆和热水。想到家庭的温暖和被褥之间的睡眠的幸福，然而在这些思路中间，时时不能丢却那江南地主的寂坐不语的神气。

附近寂静，远处的叹息声和妇女们的低泣，显得更清楚。又加路沟两边的耕牛的反刍声音，尤其是食喉的隆隆声，时时作响，高占峰久久不能入睡。

等到一种本能的警惕使他翻身爬起时，东方已经透出幽明的曙光。同时，嘈杂声喻鸣，已经有人走动了。左右尽是林立的人身、肩膀和手臂，高占峰抱起小铁儿，高声召唤着："老伯！老伯！"却没有一点回声，原来小铁儿的祖父的尸体，在一棵路树上悬挂着，距离高占峰只五尺远。旁明的气色，格外黑暗，这是站在他身旁的农民说的："我看着他在那树底下走来走去呢！"高占峰立刻从人们的肩臂间挤过去，然而那时候，人们已经走动，高占峰进了一步，又给人流冲着倒退了两步。那瞬间，他望见一个有包头巾的妇女跪在地下，因为有人把尸体搬到公路上（其实他的家族，就在他附近宿夜，而他们彼此却绝望得互不找寻），而那女人用石头和土块向四围抛着，投打那些想从尸体近旁路过的行人。高占峰用力向前倾着身子，然而两腿却不由自主地向后退移，并且越想前进，距离越远。因为人流是这样的汹涌，仿佛一座巨大的完整的机器，全部轴轮都旋转起来了，而且越来越快，带着高度的混合的喻鸣，向前汹涌。高占峰倒退着，倒退着，直到距离有两丈远的路了，终于回身随着人流走去。在这逆流挣扎的当中，他的脸色是那么沉毅，既没呼喊，也没有咒骂，他的脸色却开始沉毅而且坚定了，仿佛他有所憎恨。从那亡者的身上得到某种启示，而且忘记了他臂上的小铁儿。

没有听见鸡啼，也没有村狗的吠叫，天就大明。沿路的村落，全成了死亡的家屋，住民早在前一天就逃亡了。于是这荒凉的景象，带给这群流亡的人民，一种极大的惊恐和威胁，森林似的稠密的脚步，越来越匆促，于是黄色尘沙又在上空飞腾，于是咒骂女人和鞭打牲口以及亲族间的呼唤，又形成了一片混合的喻鸣，

179

飘送到十里以外的死亡村庄和田野里去。

五

过午，阳光淡弱，公路两旁的气色很阴沉，上面的尘雾已经不是闪光的了：看来也不耀舞飞扬，而是黄沉沉的稀薄的早雾那么漫布着。

人群是一色染着黄尘，各色的包头巾和庄稼汉、小市民的帽子，全都给这黄色尘沙遮蔽住，失去了鲜明的本色。白包袱变成了黄包袱，黑衣裳变成了黄衣裳。连有着红色皮肤的脸颊的人也全都变成土黄的了，而且每人的睫毛都挑着尘芥，只是嘴角和太阳额或许透出一线细的肌肉，因为人们不得不用袖子擦嘴唇，而太阳额上照例都流滴着汗水。他们现在是这样阴沉，正和天气一样，然而全体来说，还是带着许多声音凝结的海涛性的巨鸣，不如迁巢的蜂群，单看是哑静的，整个则形成一种无由分析的巨鸣。然而不管怎样，从妇女们注视前方的渺茫眼光里，从男人们不时替换着肩来背负那只遗留下来一点小背包上看，人们是疲倦了，疲倦得只在呼吸、走路，脑子一无所思，心头一无所欲。

高占峰的脸色也变得阴沉可怕，这倒不全是因为给尘沙渲染得可怕，而是他脑际时时闪着江南地主悬挂在路树上的印象。它是那么深刻，有力。不知是对那些障碍他趋前探望的同行的人群，还是对遭受挫折的自己的意志——趋前探望那尸体的意志，而在他眼睛中现出愤恨的火焰来。仿佛在这不明底细的愤恨的眼光中，闪着最初潜入他内心的复仇的种子。

和那悬挂在路树上的尸体的印象占着同样位置的，是天亮以前子夜过后那段时间的交谈,原来他在那时候就存心自殉了。那口气变得柔和,眼光又是那么慈祥。高占峰现在想来明明白白的,为什么当时竟没有悟解这一点的变化呢?他不知道为什么那个富裕老人要用自己的手结束自己的生命。他手指上还有翡翠戒指,跟前还有小铁儿,就是向人乞讨吧,他想:也该活下去呀!他从来没有想"死了倒也干净"这句话的,虽然在那瞬间有个乡下小贩之流的汉子这样说,而且高占峰也听见了,但和没有听见一样。

　　高占峰除了这两个最深刻的印象,再没有什么在脑际出现了,尤其是跪在那尸体前的妇女,他还望见她朝四围投石块,但他却和没看见一样,自然也不会惊奇她的突然出现和来历。可见他的神智有疯狂的状态了,那眼睛的火焰就微有这种倾向的征兆;可是他有时注视一下肩头的小铁儿,而且必定望到他的眼睛才算罢,足征他的神智依然是健康的。而且望那小铁儿的神气,似乎是要寻找他的眼光中是不是流露出什么不同的表情。就是说,是不是知道他已失去有血缘的亲族,仿佛望见他眼光中的"无知"而感到了安慰。

　　小铁儿一睁开眼睛,那光辉就是惊奇的,并且失神地咬着自己的小手指,等到发觉高占峰望他,也回报般向他望望,不过只注神一刻,就又回颈望着飘动在空间的稠密的人们的头颅了。高占峰不知道他那小小的脑子在想什么,然而可明白他是惊奇,正因为这样他就极易疲倦,不久,眼光就又会迟钝,慢慢瞌眼睡了。那时候高占峰就说:"抱着我的脖子睡呀!"他感到他那小手围抱他脖子时候的舒适,渐渐这舒适感消逝,他的意识又回到那两个印象上去。眼光又是凝结的,望着鼻子前的行人的后脑,而又一无所见。只要小铁儿一醒,高占峰又恢复了他的智能,他就这样匆匆随流奔走着，既不疲倦，也没流汗。

那时候，高占峰猛然发觉人流重新泛滥起来了，他身旁已经越过两个溃退军队的散兵，接着是第三个失掉制帽却还挂着领章的军佐，仿佛海涛里泅水的渔民般在人流里闪耀着，把那些稠密的人群分拨作两片人墙，但这只是一瞬间工夫，人们突然感受到恐怖的气氛，就如受惊的猪群那样奔窜了，带着尖锐的惨叫和高呼，那惨叫声是在这一瞬间栽倒的人所发出的。或者是因为浸在半睡状态中，对着突然而来的骚动还没有感觉，就一下子给前边的人推倒；或者是俯腰去抱护孩子，于是人流的脚步就从她们的肩上践踏过去。虽然第一个践踏她的嘴里高呼着："别挤别挤，有人跌倒啦！"然而两脚却不自主地踏上她的背，或想跨过跌倒者的头颅，反而踏扁她的胳膊。这时候，人们的眼睛重新现出火焰的光辉；这时候，人们重新在奔窜中彼此窥探着眼色；这时候，人们重新脸向着前方大声呼喊背后的亲族。并且那长串的溃退散兵，依旧用健壮的肩膀左右抵撞着开路，用螃蟹的步法横着身子跳窜，谁都要走到前面去，谁都要抛弃背后的伙伴，仿佛越往前一点，就越安全，越往前一点，就离开危险越远。谁也不知道后尾究竟起了什么变化，谁也不知道，日本军队是不是已经逼近来追击。

整个人流的脚步向前一寸一寸地挪移的时候，高占峰跷脚望望，原来距离五里远有一座洋桥，人流正从桥上向远的彼方伸展开去。有三个战斗兵在桥栏旁边用枪柄挥打着拥挤的群众，高占峰不知道他们挥打的是什么，显然他们并不是想逆流抢过对岸来。

一辆私人的雪佛兰汽车，在桥的这一端闪着光，那光辉冰凉而惨白，正如阳光不强的云雾日子，那汽车顶上全是藤箱、包裹，以及衰弱的老农和幼童。显然他们是为了避免给人流挤倒……践踏……而那些饱满的包裹，各有一只手掌抓着，并不是怕给人抢去，而是防别人在空间挤位置，那么包袱就有坠落的危险，自然这全是些珍贵的家当，而且一落地，人群的脚步，就会践踏个稀烂。

高占峰随着人流的挪移，向前一寸一寸地前进着，路沟里有人牵着耕牛，驻足休息了。休息的人越来越多，实在也不是休息，而是避免给冲倒而做了脚底下的牺牲者。这时候，又有一长串溃退的散兵从人流里"泅"过去，高占峰也斜肩插入这一壮力形成的中流里来，用肩膀抵挡着欲合的人墙，向前大步伸展着……终于高占峰踏上桥板，不由松了一口气，汗水和尘垢，大量地流滴下来。

"下来走两步吧！"过了洋桥，他放下小铁儿，他的两臂实在酸疼无力了。

一个褴褛的农民说："这是松江大桥吗？那么我们明天能赶到扬州了……"只见他肩膀一斜，臂上受了两枪柄的鞭打。

"还站在这里挤什么？快走呀！"那战斗兵高喊着，又挥枪柄向右手去鞭打了。

"我还等桥那边的家人呀！"那农民向高占峰说。说话时，还向对岸扬着手，又叫："坐在路沟上等死吗？"仿佛他也知道桥那边听不到他的呼喊，变成喃喃自语了。

那个失掉军帽的官佐也站在这里，这时走到高占峰前面问："同志！你知道十六师师部撤退到什么地方吗？"

"不知道。"高占峰沿着沪杭公路边走动了，他这样可以比在人流中心自由一些，而且不那么闷塞、紧张。

还没有走出一丈路，他看见人流又开始奔窜了，而他自己在那瞬间跌入路沟去。他清清楚楚望见对岸那避开人流又似观望又似休息的妇女和衰弱的老头子，像瀑布的水点那样飞溅开去，立刻是超于这人流巨鸣的爆炸声，而且烟突然从土地上飞拔起来。他望见一队日本飞机在低空回翔着，原来人声过于嘈杂，起初就没有人听见飞机的嗡鸣。那时候高占峰跳起来，他听见机关枪的扫射声，但眼睛却又清楚地望见小铁儿在公路边回旋着头呼叫的姿态。而且突然给一只鞋底有白钉的大脚跨过去，等高占峰抢救出来，小铁儿的额头擦伤，同时手背惨白，上面还有一个脚印，他放声地哭喊起来。

在这当儿，轰炸声中突然爆发了一阵子人群的惨叫，那一团儿惨叫是那么尖锐，掩过了桥梁石柱的倒塌声。高占峰奔窜中，仿佛望见背后那些飞扬在空间的残碎尸体和桥墩上的石块。

他没有回头，和那些泛滥的人流一样拥挤地奔窜，完全忘记他该跳开人群去躲避。仍旧是成群的，带着尘土和巨鸣，顺着公路奔窜着……奔窜着……

六

过淮阴，高占峰就和那庞大的难民群分开了。

他走着单独的路程，经东海，越日照；有时在小镇市的街头上露宿，有时在村庄的大户农家里过夜。第七天的黄昏，他背着小铁儿来到距离青岛不到三百里路的一个小县份，想连夜赶回家乡去。他离自己的村庄仅仅八十里路了，可是走到离家还有五里的古埠，那每年有一山、五日有一集的大镇市，就失去知觉，跌倒在人家的门外。那时天刚放亮，人们给小铁儿的哭声惊醒。等到有人认出这是齐家庄高占峰而且没有打发人到家送口信，就把他抬到齐家庄的时候，已经晌天，快吃午饭的时候了。

一连三天，高占峰什么都不知道，三里五里有名的郎中换了好几个，都说是不要紧，但却拒绝开药方。那时他的面颊，仿佛给某种刀片削平了，闪着灰暗的阴影，没有流汗的象征，浑身却有股燃旺的煤炉那种趋前烧脸的热度。嘴唇现着茄紫色，干燥而且没有光泽。第四天他说呓语："小铁儿……不要怕……"看守的人们，这才发出自慰性的叹息，安稳地喘过一口气来，仿佛说："这回可不要紧了。"实在看守的人们，也太疲乏，现在就有的去睡了，弥补三夜不眠的损失。

当他第一次说："水……给我水。"他的粗糙眉毛，蠕动了一下，足征他的脑力渐渐复活，生命又给他一点儿意识，并且他的嘴唇恢复到近杯知饮的能力，但还有许多水没有吸入喉腔，又从嘴角淌出来，别人给他揩净，他也不知道。

现在他是处在一个混乱的梦境里：仿佛他正在前线和南军作战，共事的军官又尽是些阵亡多年的老同乡，个个还是当年那种粗鲁豪放的样子，而他依然当作他们是活人看。经过一场混战，死尸狼藉地陈列在夜野上。远处仍爆发着疏落的炮火，他觉得自己仿佛是躺在死尸行列之间，所见的是一片广阔无际的星斗。那时张宗昌督办站在他身旁，俯腰问他："哪点受伤了？老乡！"等到他醒来却什么都忘了，只隐约记得这一点，而且他终生崇拜的这个出身乡土的"英雄"，仍然是当年那种气魄傲岸的姿态，手里也仍然是握着钢制的粗手杖，走起路来，当啷当啷地响。现在映入他眼睛里的是一团儿黑雾，点缀有万粒金星。这些金星，逐渐凝成一朵光辉而定型作瓶肚装油的草芯灯。又望见坐在他身侧的一个中年妇人。她正打瞌睡,脸子衰老又憔悴。一身农妇所穿的宽袖大袄,肥裆裤子,盘膝坐在炕里边。恰在这时,那中年妇人醒了,这是依靠只有妇人守护他们的亲人才有的那种灵性醒来的,病人即使不作声,不动身子,只掀掀眼皮,仿佛也能惊动了她们那纤细的神经。

"还要喝水吗?"那中年妇人说。口气很平静,仿佛她早已知道他能够醒来,而不是守着一个垂死的病躯,露着当她望见他醒来的时候该有的惊喜。高占峰摇了摇头,平心静气而又一无所思地望着她。突然她的声音变了:"你知道你躺了三天吗?人家把你抬到家……你可把我们吓坏了,这是全仗菩萨保佑呀!"这声音渐渐有点呜咽欲哭的征兆,她的脸色更加衰老,池水受到一阵秋风的吹拂似的,满脸尽是皱纹,但立刻又平展开来,她发出一声叹息,似乎觉得这时不该放纵她的悲哀,又说:"你觉得好点吗?我叫醒咱爹去!他刚睡。"

高占峰没有听见她说什么,他想:这是谁呢?我是在什么地方呀!周围是这样静,只有灶炕的促织叫。这夜深的叫声,挺寂寞,立刻唤起他对逝去的青春时代那些耕种小麦的冬季日子的回忆来。他又一遍感觉到自己是在继续着那梦。这时候那中年妇人说:"镰头有个孩子了,叫五十。镰头也刚睡,人家媳妇生怕他熬夜,含在口里都怕化了。这十几年来你就不想家?在外边怎么过的?我当是咱们姊妹这辈子见不到面了呢!"不管病人怎样,她尽自说下去,这是中国农村妇女一种普遍的性情。声音也越来越低,鼻梁两边有泪滴儿落下来了,但仍极力使口吻平平静静的。用揩灰尘的神气揩去泪水,若有所思地自语:"三天不知道人事儿,真叫人担心死了!"起初,那眼泪一滴儿一滴儿下坠;继之,鼻子发出嘶声,末后用衣襟埋住脸,终于低声哭起来。一边说:"你大外甥死的那年,我整天盼望你能回家,要不早就吊死了。一个寡妇,没有家庭,没有巴望头儿,活着受公婆气吗?娘家又拿当是外人,你可不知道五十他爹变得怎样,娶了个媳妇,就连炕都懒得下了。整天又是鱼又是面,咱爹都受不够的气。"口气又平静下来。既抱怨父亲不争强——她说:"老头子还是照旧给他两口子挑水拾柴地过呢!说起来,生不够的气。"又说弟媳妇不守妇道:"大海她表哥,每一古埠集都到咱们墙外头转,人家谁不说闲话。你知道,就是小名叫和尚的,说是在你手下也当过差,上一月才从城里回来,韩复榘的马队撤退,把他闪下来了。"

"这是什么地方?是在齐家庄吗?"高占峰突然问,于是那中年妇人,立刻吃惊地停住话,现在才注意到他的冷冽而迟钝的眼光,也明白她所说的一片话,原来一句也没入耳。她若有所怖地站起来;而正在这时候,高喜瑞老头子走进来了。一边走一边说:"怎么!好了吗?好了可别让他多说话。"走到屋,这话已重复了三遍:"好点可不能叫他多说话。五十他大姑,你听见吗?"这种称呼,是从他孙子身上转来的,正像读者所知,她是高喜瑞老头子的女儿。若是他把女儿的代名称改作"嫚姑"她娘——嫚姑是那穷苦寡妇的独女——那么她也许对父亲不会有如此的反感;甚至她本来很高兴,但一听到这刺耳的"五十他大姑"就激怒,越觉父亲眼里根本没有自己的女儿和外孙女存在,也就越伤心。

高喜瑞是个生性耿直冷言冷语的老头子。胞兄曾经在清朝宋庆提督名下做过副将,受过"御赐花翎"。可惜死在中日甲午那年的战争中,尸首一直埋在辽东,没有接回棺骨来。这是老头子终生不忘的一回子事,从这里也可知道为什么对人冷言冷语,任何事物也引不起他兴趣的原因来。他穿着有补丁的农民棉袄棉裤，个量比儿子还高，结实得不像七十岁的人，却像高占峰的族兄或族叔。因为发辫还很黑，又没留胡须。只见他走进屋来，两个诚实人所有的眼睛，望着高占峰说："你们睡去，叫他自己躺在这里吧！你们打搅他做什么？"神气俨然是没有望见高占峰在望他："镰头，五十他大姑，听见没有？"

高占峰一直是望着高喜瑞老头子那两只针对自己而别有所瞩的眼睛，突然现出若有所悟的眼光，明白是躺在自己家里，顿觉大梦初醒，生出一种欲跪伏在父亲脚下亲吻的感情，究竟他是明白自己从死难里得到重生的心情使然呢，还是别有所思，那是很难说的，总之他现在是意识到自己是回到家乡来了；同时却忘记一路的遭遇，就是说他忘记自己三天前所经过的任何事物了。他的棕黄的眼睛珠儿，现着平静的光辉，这只有大病初愈才有的一种眼色，这眼光不久给欣喜所染，他望见坐在炕沿上问顾自己的镰头了。于是向他摸索着。镰头在他父亲跟前，还是心战胆怯的，这从他那不安的，频频探视父亲意旨的眼光上，高占峰很清楚地觉到。他用在病者身旁坐几个钟头也不会说什么的姿态坐在那儿，仿佛这就表明了他对胞兄慰问的千言万语。他注意到高占峰向自己伸手摸索的时候，说道："你要什么？"这是对那久客新归大病初愈的胞兄第一句问询，面带温驯笑容。他立刻明白病者需要什么了，他的充满脂肪的手给高占峰握住，他也紧紧回握着，带着慵懒人常有的驯善笑容说："你好好躺着睡会子吧！"高喜瑞这时听完五十他大姑的倾诉，说道："他刚好，过些时候，自然会明白的，你们睡去吧！"又叫着："镰头！"镰头就站起来，对高占峰做出不得不遵从父亲意旨似的眼神说："天快亮，你睡会子吧！"实际上，倒是他自己需要继续那生活中最重要一项节目：睡眠，尤其是下半夜的酣睡给人搅醒，是他最反感的，而这次却例外，当他老婆怂恿他第二遍，"你要起去呀！咱哥哥和五十他大姑能说话了，准是好了些。你去看看，省了人家说闲话"，他立刻爬起来，虽然嘴里还说："真是……明天，就看不见了……我准知道……这个病——喔——呵——"

读者不难明白，高占峰是处在什么人物构成的家庭中间了。但是当他握着兄弟肥腴的手背，发现他是长得大腹便便，不像一个自耕农，好似闯海外发财回来以后的小财主，或是养优处尊的小地主，那当儿，他可任何感触都没有，只在重复着他的一个想头儿：我是重生了；我是重生了。究竟是怎样重生的，究竟遇到些什么灾难，他却一点都不记得了。

现在是他一个人了，周围静悄悄的，炉炕下的促织声仍是悲鸣不休，仿佛倾诉冬夜的悠长而寂寞。高占峰平静地躺着，蓬散的头发披在耳边，脸颊枯瘦。他咬着头发，咬断一根又一根，然后一根根送到灯芯上去烧，注神地望着细发在一阵火光闪耀下，变作灰骸，于是再烧……这时候远方响起公鸡的早鸣声，高占峰扬起眼睛，注视空间，显然这鸡鸣引起了他的某种反应，想借此能够记忆起什么来，然而不久，他又专心一志做他的烧头发工作了，脸色依然那么平静，又不久，窗外有冬天晨雀的噪声了，灯光开始发暗。厢屋里有人起身，绣鞋的木底声，渐向南屋门口响来。但不知为什么，当五十他大姑现身在门口的时候，高占峰合上眼皮，对她的问询一声不答，做出很舒适而且很甜蜜的酣睡姿态，手里还捏着两根未燃烧的头发。

七

　　早晨，院落里洒满冬季的阳光，高喜瑞老头子做着每天早晨清除落叶乱草的工作。那时候探望高占峰的街壁邻右，出出进进的很多。有的进来就走，因为屋子里的人很挤，又加病人没醒，而且家里坡外大半都有活计做。每一个农民，差不多都在高占峰率领的红枪会里混过，望见他酣睡中那种枯槁的样子，都叹息不止。那些到海外卖过苦力而没有发财还乡的汉子，借机低声短语，说明现在赚钱的不易，言谈里表明不是自己没能力，连高占峰都这样狼狈地回来。仿佛给那些背后说闲话的人，一个有力的实证：自己确是卖力苦干过，不过命里没财而已。只见他们，或坐在炕沿上，或站在屋中央，或来回走动，都是低声下气的，防备惊醒病人，虽然心里都希望高占峰有所警觉而睁开眼睛。

　　每当一个人走进天井，屋里照例能听到高喜瑞老头子对来客的冷淡的回答："昨天下半夜，醒了醒，谁知道这辰光呢！"老头子自己，则仍仔细地扫着院子，有耐性地拾起每一颗足供燃烧的豆楷，而把散叶和尘土，扫到牲口棚去给毛驴填脚。又把浸透牲口粪尿的泥草，收拾到粪坑去做废肥。一切营生是按照往日的程序，有条不紊。屋里的客人，最后只留下来高占峰的两个知交了。一个是本村齐族的，名叫宏业，这是个贪杯嗜饮的汉子。年轻时闯过俄罗斯，回乡有十年光景了，从出门那年和高占峰分手后，再没有见过面。除了这位竹马之交，另外是随从高占峰在张宗昌手下当过班长的柳世杰，也就是最近从韩复榘马队上退休的骑兵少尉。他的身架显得膂力过人，虽然穿着长袍，也可看出挺身直背的军人气派。和他相反的是齐宏业，弯背塌胸，斜着眼睛暗窥人，又畏缩，又驯顺。当他望见柳世杰不住望着自己的时候，又局促不安了。他非常不愿站在这英俊人物脸前，单纯受他的注视。果真柳世杰注视不久，眼光就露出讥笑的形势，又开玩笑了。他说："你老是朝我望什么？"

"我什么时候望你？你别老找俺们穷人开心了。"齐宏业说着站起来。正想走的时候，就听见一种强壮的狗吠声在天井里叫了一下，他立刻知道是什么人来了。他就叫："戈皮旦，戈皮旦。"戈皮旦是他送给那日本狼狗的名字，俄语的意思是军官。他这时呼唤它，不过借以摆脱柳世杰的讥笑的注视而已。那狼狗，黑毛有光泽，探望门口又汪汪大声叫了两声。

这时候一个身披旧外套的人走进天井来。他的两只胳臂，永远不插入外套袖子里，仿佛一个工作忙碌的手艺人，随时随地预备掷下外衣就干活似的。这就是齐大海，在青岛曾经给高占峰做过赌庄助手的水手。

"大叔，你是整天做做这个弄弄那个呀！你就不会闲一闲。"一进天井，齐大海就高声喊，"你家俺哥哥是能说话了吗？我昨晚上还打算到古埠再找一个郎中来呢！"

高喜瑞老头子对齐大海，和全村有牲口的主儿一样，非年非节，轻易不和他搭话。现在他也仅仅说："你进屋子看嘛！"仍然做着自己的活计，向那匹精壮毛驴，发出望它安静，以便在它蹄子下做工夫的轻呼。齐大海从口气里，知道老头子并没有因为儿子远归、病愈，有所欢喜。于是自己做个鬼脸，这种鬼脸在他自己愉快自得的当儿，遇到任何不如意的事情，都会带着自娱性出现的。

"都在这儿呀！"当他两脚踏上门口的时候，就站住做出困惑的神情说，"你们俩这是做什么呀？连大声大气也不喘，你们起了砸庄的牌怎么的？"

"你这家伙，又赢了几元钞票是不是？我准猜着。"柳世杰说，"晚上你可得掏腰包，咱们喝两盅儿，你看齐宏业又欢喜了。"

"你可别老是找俺开心呀，这是怎么说的。"齐宏业就做出激怒的样子，斜眼望他。

齐大海在这瞬间，做了个手势，意思是不要惊动高占峰醒来了。一边走到炕沿下，默默望着病人的枯槁脸色。那脸色显着从苦痛中挣扎醒来的情态，又是一场噩梦，不久以前，高占峰还是在惊风骇浪当中，抓着片卷死尸的破席，顺流漂泊，还隐约记得海船触雷爆裂后，他从死尸狼藉的海面抓到这片卷尸席的。那时候他确见一个紫唇滴血的女尸，从席底脱落而沉没，可是她又在什么时候复活了，披散着长发向他抢夺那卷破席。末尾，他听到一两声隐约的狗叫，而眼看要给卷入海浪的工夫，他突然醒来。这时还想：有狗叫，一定是离海岸、陆地或岛子不远了。等到听见："你还认识我吗？"就完全明白他刚才是做了场噩梦。

齐大海没有得到回答，又说："你看你瘦的！你老了呀！"又回头对柳世杰说："我们在青岛的时节，那真是……才几年呀！只是一晃的工夫，日子过得太快了。怪不得我们回来看见那些小伙子都不认识了。我出门辰光，五十他大姑，还是小媳妇呢，现在你看吧！"回头对高占峰说："一些在咱们胳臂上撒尿的孩子，都有人叫爹了。"又指着那只卷毛狗说："就是戈皮旦吧？前年还这么高，现在长成他妈一条体面的大洋狗了。"那狗仿佛知道主人在夸它，也向空咬了两声，表示赞同而又很高兴的样子。

"那可不是怎么的!"齐宏业眼睛望着齐大海,本意却是说给高占峰听的,"还用说旁的,我们俩——"眼睛指着高占峰,"跟着咱们庄上的戏班到龙口那年,正遇元宵节,当地耍狮子的缺人手。我们俩就插上了,真还不错,就这样高的四脚桌,我们连跳三张。如今一张椅子也跳不过去呀!"口吻低沉,一个老人叙述往事似的不胜感慨,其实,他才四十岁。

这时候镰头从里面出来。他刚起身,就是自己昨晚一夜没睡好。又叫自己老婆烧水待客。有在城里当差的人物在他屋子里坐着,他认为最荣耀。他老婆本来蹲在灶炕帮五十他大姑做饭,现在得因由在那些客人眼前,问长问短的了。这是一个俊俏的媳妇,眉眼间有点媚力,脸红肉白的。

起初高占峰默默地望着齐大海,一语不说,也看不出他那平静眼色显示出来的意思,是对那游手好闲的汉子在久别重逢的现在,有什么感触;又向柳世杰望去,那瞬间他的手却紧紧握住齐大海柔滑的手掌,这表示他确是认识那久别重逢的友人,且也感到重逢的欣喜。齐大海这工夫,突然有一种感觉,仿佛高占峰的手掌传给他这种意识:想不到咱们哥儿们,还能活着见面呀!待要说什么,又因为他那望着柳世杰注神的眼睛,使他一时开不得口。

"不是认识吗?这位是……"镰头怪不好意思,生怕客人受不住盯视似的。

"知道。"高占峰注视着那退伍军官说,"柳世杰。"于是在那两眼透着英俊气的脸上,现出退伍军官在曾经做过上司的人物面前所有的肃然生敬的姿势,飘浮着一个不安的微笑。为自己崇敬的人,中年后还能一见就叫出名字,在他是颇为感激而且也颇觉自慰的。高占峰的眼光，那只是大病初愈的人所有的温善而平静的眼光，立刻投向齐宏业。只见他的眉毛矍矍，这工夫，每人都给他那平静的眼光所渲染，屏息地侦伺着他的脸色，等候他说出齐宏业的名字。然而，他却说："他呢？"

"谁呢？"镰头说，"这是齐宏业，你忘记和他在龙口耍过狮子……你歇歇，他就会认出来了。"他对齐宏业说。

"他哪去了？"高占峰的口吻如是软弱无力，"把他抱来！"

当高占峰说话的时候，齐大海朝戈皮旦做着手势，威胁它，命令它安静地伏在自己脚下，那狼狗立刻明白，俯伏下身子不响了。

"你是说那孩子吗？叫作什么——小铁儿，我想起来啦！"镰头说，"咱爹说等你好了再抱过来。"但他发现高占峰的眼睛闪出凛然不可犯的光辉，立刻又说："你要看，那么我抱过来吧！"走开去说："五十他大姑，你把那孩子抱来，你哥哥要看看他呢！"而高占峰却阖眼作睡了，不过手还捻搓着齐大海的指头。不久，他重新睁开眼睛说："你的日子还过得去吗？"

"谁——我吗？"齐宏业问。他心里却惊异，他真还认识我呢！断定确是问自己，想说什么的当儿，齐大海就插嘴说："他呀！他和我一样！就剩一铺炕席没卖了。整年整月吃的花样可多，早饭是地瓜叶饼子和盐菜，晚上是盐菜和地瓜叶饼子。"对他自己这说俏皮话儿，很自得似的笑着，且左右回顾，仿佛是找寻另外的赞慕眼光似的。齐宏业果真露着对他代答的词句很满意的驯顺笑容，并且附和地叹息一声。

"张旅长回来了吗？"柳世杰插嘴道，"您知道吗？"

"哪个张旅长？"这时候，高占峰转眼望五十他大姑抱来的小铁儿，镰头在他背后跟着，抓住他的一只小手，做出不胜亲昵的样子。

"这到底是从哪儿弄来的孩子呀！一口南蛮子话。"五十他大姑问。高占峰没有听到这话，尽管凝视着小铁儿，现在要记忆什么，而终于一无所得的怅惘颜色，把他抱过来。只见小铁儿，换上结带短褂，开裆裤子。初见这些人，不免露出憨望的情状，小手指在嘴里蠕动不止。他的眼睛，大而明朗，本来脸蛋红润有辉，现在这红晕失去，显得纸黄，可是眉宇间依然透着端静而稳重的气氛，这是出身富裕家庭的孩子，常有的那种静而稳重的气氛。他一投到高占峰的身上，就迅捷地扭身回顾，仿佛生恐这些陌生人物在他背后捣鬼一样。

"来，亲亲我！"高占峰说。

小铁儿眼睛别有所瞩地送过脸来。

"在这亲亲，你是看着我呀！"

小铁儿的小臂膊就环抱住高占峰脖颈，并用眼望望他，立刻又掉头回顾齐大海了，似乎想从他脸上，求得什么解释。

那时齐大海说："这小鬼，怪惹人稀罕呢！"望见高占峰那全心倾注在亲吻上的样子，向柳世杰做眼色，意思是："父子呢！"五十他大姑询问高占峰没得到应声，现着扫兴的脸色说："我把他的衣裳都洗了，满是泥浆子呀！"眼睛却注意镰头媳妇和柳世杰的神色，直到现在她还没发现什么。五十从东间跑到西间来，一边说："那衣裳是我的，裤子也是我的。"

"督办的大儿子到济南去了。"柳世杰重拾他的话柄，"张旅长从大连回来，你知道？"

"你老是说张旅长干什么？"齐大海说，"占峰，你知道张旅长在掖县安什么心思吗？喂！你还记得那个和你斗气的青鱼贩子吗？就是我们这位军官的族兄呢！吓！你跑了以后不是吗？我们可哪儿找他，找不到。后来听说他和唐老虞拉上线，现在蓬莱县也弄到二当家的位子了！"这话显然没有在高占峰身上起作用，他说："在蓬莱吗？"心意不瞩的口吻，证明他仅是听到蓬莱这个字眼儿。他的心神是这样飘忽。

时而望着小铁儿，时而望望哪个来客，时而把小铁儿嘴里的手指拿开，时而又现出苦思不得的神情。直到现在他还没有想起他是怎样到家的。

相反的是齐大海，但现在畅谈以往那幕赌场的悲剧了，因为镰头媳妇没有听到，另外的人呢，不止听他说过两遍了。在谈话当中，他加上许多废话，例如："那时候哪一回出门不是汽车洋车的，离着二里一里的还肯走？""在咱家赌个三十吊二十吊的就了不起。在青岛——哪有下注不过元数的。光给伺局的，哪晚上我都得破费三元五元的，你不信问问占峰哥哥。"实际上他从来不但没有赏过伺候局的伙计，相反他倒常常向他们借贷。现在他说起来，连自己也觉得确乎是他的黄金时代，而且这话不只对人说过十遍，于是自己也以为真玩过阔，真的过了几年挥金如土的日子。论人，他倒不是胡吹乱吹的坏蛋，心底根本很善良，不过半生没有剩下钱，本村富裕主儿又另眼相看，满肚子就全是牢骚，仿佛在闲谈中叙叙往事，叙叙自己的豪华，心里就舒服一点。更由于对有牲口主儿的贪吝性情，怀着一种鄙弃心理，再加觉得自己年轻力壮的时候已经过去，不会再有发财的希望了，所以不管什么事儿都看得开。有了钱，一手来一手去，没有，也不愁眉苦脸，这就说明为什么他穿得那么旧，而戈皮旦却喂得挺胖，它的脖围并且装饰着电镀的白铁钉,闪闪发光。他是兴致勃勃地倾诉着,满脸生辉,眼光贼亮。他结尾说:"我没讲吗?眼睛看见的,就比那些整天蹲在铡刀旁的主儿多。就不用说别的。他们知道什么?知道他们的母鸡哪个下蛋大,知道他们那两亩地的地头草几根,就怕地邻给耕去一点儿。"于是环顾左右,非常得意。之后,掏出纸烟,而不用眼望却能把烟抽出来,且在大拇指甲上颠颠:"我没讲吗?这回可要看看他们的本领了。"把纸烟沾在唇上,又掷给高占峰一根。这一切动作都没有用眼望,正像得意且又注神于自己谈话的人,常有的一种现象:"看看他们能把那两亩地背到外省去不能,看看他们能把母鸡当作弹药用不能,日本鬼子可是把青岛拿到手了。"他又俯脸向着那狼狗:"是不是?戈皮旦!"狼狗就跳起来,摇摆着卷毛细尾,低声吠着,现出欲候主人一块儿外出的神态。"不是!"齐大海说,"我问你,是不是?要走吗?好——这就是。"于是弯腰在戈皮旦鼻尖上碰了一下,就站起来。

在他说话时候,柳世杰端恭地坐在长凳上,望着高占峰不时微笑,又似乎是不以齐大海的言谈为然,又似乎从心底表示赞同。偶尔还朝小铁儿做出逗弄的眉眼,以讨高占峰欢心,实在又似乎他根本没有听齐大海的话。总之,他是集中注意力在不使高占峰讨厌范围里,微笑或逗小铁儿玩,所以镰头媳妇在他跟前来回走过两趟,他一眼也没敢向她打量。她也没有望他,不过给他沏茶的时候,露着羞媚的红色小嘴说:"喝茶。"俯着眼睛退下来,但给齐大海沏茶,她就完全两样,还插嘴说:"小心,别打了茶碗呀!指手画脚的。"口吻也是对那人物很喜欢,但这是属于另一种了。至于齐宏业,一直是萎缩地坐在凳头儿上,斜着眼睛偷窥,仿佛一条当道卧在那里的狗,当人从它跟前经过所有的那种斜眼窥人的神情。那眼色,并不是观察人色而吠叫,却是注意是不是该及时抽身跑开去,自然夹着尾巴。现在他也站起来说:"再来看你,再来看你。"

"我可是不能来,这几天预备和占恒打交道,快到赶古埠山了。我想在那儿弄个赌棚。"齐大海说,"你可得好好养一下子,等你好了,咱们到古埠去大喝一通。走吧,柳世杰,你们不是要喝两杯吗?晚上我可没工夫,要喝就得这会儿。"

"小孩子真稀罕人儿呢!"柳世杰在出门口,又回着头说,恋恋不舍地。但一到天井,他就抱怨着大海:"你是忙着走什么?我想告诉他张旅长的情形,叫他到掖县去趟。"

"忙什么?你没看到他连听的力气都没有!"

柳世杰耸耸肩。

"那一个孩子是谁的?"齐宏业问。

"私孩子!"柳世杰拍拍齐宏业肩头说,"你也该……"

"你怎么老是要笑人呢?"脱身走到前面去。

"大叔!"齐大海向高喜瑞老头子打招呼,"你牵出毛驴,叫它晒太阳呀!我没说嘛——牲口到你手,也是几辈子做了阴功德行,不知怎么修的哪!"

在屋里静下来以后,高占峰处在一个长久的思索里,以往是整个的一团儿记不清楚的烟雾,他不是望见齐大海连青鱼贩子都想不起来,不过,这时候,那些往事已经在他身上失去魅力了。

八

冬至节前,高占峰恢复了旧日的健康,不过倔强的气魄,一变而为平静，仿佛他对任何事物，没有感触。到时候，人家说吃饭了，他就坐在炕上等着；人家说该喂牲口了，他就去拌料。从他那平静的眼睛里看，仿佛他已失去生命，失去锋芒，一如久绝尘烟的老僧，在孤独的深刹里过日子。除去小铁儿在他心目中占着一个很大的位子外，对任何人只是望望，表示自己认识而已。

　　冬至节那天，他修好锄耙，开始帮助高喜瑞老头子，下坡锄田。以后他经常做着农闲日子该做的营生。譬如：修理菜圃的篱笆，翻打麦场做向日葵园子之类的活计。高喜瑞老头子，从他回乡那天起，一直没有和他搭话。他认为这小伙子，十二年来一定受到不少苦，这次回来才知道离开赌场，正经过日子了。每次高占峰携领小铁儿走过去，他就望着他的背影，露着"哼！不吃苦头是不中的"那意思的眼色。全村的人，谁也不知道他有着一段惨痛遭遇的，连他自己也没法说清楚。所以都拿着面对普通的闯外没发财回乡的人看待他，不过还是仰慕他，所不同的，只是这仰慕外，带一点儿怜惜，对于不得志的英雄般的怜惜。故交里，经常碰头的不多，他们都忙着准备赶古埠山，战争对于这乡村，一点没有什么影响，虽然都知道二百里外的青岛已经给日本军占据了，虽然知道韩复榘的军队已经撤退，县城里只剩商家组织的保安队和自卫团了。然而这些，在那一年一次的古埠山的筹备期中，一点也不能引动谁的注意。每家农户，都准备在古埠山上，给闺女置办嫁妆的款子，有老人的，就注意该挑什么木料的寿器，年岁大的牲口，打算调换骡驹还是母牛。

　　齐宏业打算加入本村的戏班当布场，齐大海在磋商赌棚的租税，只有高占峰每天照旧携领小铁儿下坡。有一天，在村口碰到齐大海，照例他牵着那匹日本种狼狗。"几天没见你，能干活了呀！我简直忙得昏天黑地，过了古埠山期，咱们再谈吧！千言万语没工夫说呀！"那天回来，高占峰打发镰头送给他一斗小麦，算是调剂他过"山"。等到又碰见，他仍是匆匆忙忙的，牵着那匹日本种狗，三言两语走过去，连个谢字也不提。此外，柳世杰来过两次，不过每次都是单来独往，像有要紧的话来谈似的，可又一句也没说出口。人家背后说："武松这次回来了，他还想摸甜头吗？"那些不识字的农民，说起《水浒》可比任何人都熟，并能随时随地加给人家一个适当的诨名。齐宏业也仅仅来过一次，不是当戏班布场就忙了，或是沉湎在酒坛边上朋友也懒得走动。实在他对高占峰有着另一种见解，觉得人家有吃有喝，比自己过得富裕，去巴结什么呢？若是自己有三亩两亩的家产，或者高占峰一亩不"沉"，——也和自己一样，那么还有交往头儿，幼年的友谊，也不难立刻恢复，再加前次的晤面，他觉得高占峰也并不对自己特别有好感，于是加重了那心理，这也是善良的农民，到了穷苦的时候，对富裕朋友的一种普遍心理。

　　古埠山日开始的第一天，高占峰正携领小铁儿到菜圃去灌溉冬韭。若是从前，就是离家三十里二十里的村庄，有说鱼皮大鼓的，高占峰也会在吃夜饭后赶去，听到下半夜，再一个人走回来。可是现在不同了。古埠离齐家庄虽是五里，并且还有亲戚捎口信邀他，说是给他预备了住宿的地方，他摇头，仅仅说："咱不去。"镰头和媳妇却早一天去了，他们两口，是分头住在两个亲戚家——镰头的岳父门儿上。

　　这天，天气晴朗，是个冬季难得的日子。天上，远近没有一片云影，满村满野，都在阳光底下闪着使人望景思春的光辉。周遭又是那么寂静。无论庄里庄外，很少听见人声。因为大多数妇女和农民、小孩子，都赶山去了。留在村里的，差不多全是吃斋念佛的老婆子，或是终年不出门的老头子，一来看守门儿，二来还得照料牲口或者母鸡什么的；再就是怀着一种普遍的心理，仿佛说："让他们年轻人去热闹两天吧，反正一年一次。咱们的时代可是过去了。"所以现在听不见平日的喧闹声，静静的，只有野外几声白头翁鸟的低鸣声。

高家菜圃在村南。越河就是一片小麦地。周围半亩广，东西都是秋季作打麦场，冬季改种蔬菜一类东西的空地，一块块菜圃之间，隔着矮矮的土垣墙，秋季防鸡，春季防狗。

高占峰已经刨了三天土，整个打麦场都算翻作可以播种的松软土地了。有些土块还得用手捻碎；石子呢，就得掷到河里去。小铁儿这时正帮他做这种工作。起初，他蹲在地头上专门用眼睛找寻石子，因为高占峰不许他挪动。地边有口井，生恐一眼照不到，有险失。只见小铁儿聚精会神地说："叔叔！这里有一个石头。"小手指伸着指点。每当高占峰遵照他的指示捡起一块石片的工夫，小铁儿就露出愉快自得的眼神，望着高占峰，并且甜蜜地叹息一声，仿佛自己完成一件重大的工作一样。所以高占峰有时故意装没有看见："在哪里呀？"

"那里……不……那不是吗！"

"我怎么没看见呢？"

"唉！"那时小铁儿就会大人一般地叹息道，"不是就在你脚底下吗？真是的！"

"原来这里呀！你的眼力可真不错啦！"

于是小铁儿，就做出受夸不骄的端静脸色，这种愉快而端静的脸色立刻感动了高占峰。他想：——真是一个聪明的孩子，可是这孩子是谁的以及有关这类的想头,却从没有来到他的脑子里。后来,小铁儿也来捡石子了,捡到一块就递给高占峰,两眼定定看着他:"叔叔,你打那棵树!那棵河边的树!"或者要求:"打那边的草,不是那,从水里露出尖来的。"等到如愿以后,仿佛叹慕着高占峰那有力的臂膀似的喘一口气,满意而又愉快地找寻第三块石子了。

那时突然凭空一声狗叫,这幽静中的一声狗叫,本来就够惊人的;而那声音本身又是那么恐怖,那么紧张,接着连声吠叫起来。顺声望去,高占峰发现沿河的土路上,那只戈皮旦狼狗,迅速地跑来,边跑边吠,俨然追逐一匹野物似的。戈皮旦尾后一团儿尘雾里,现出疾驰的脚踏车轮廓,高占峰的脸色完全变得紧张了。骑者极迅速地闪来,而且停住:"高大哥,日本兵要攻咱们县城了!古埠山上逃难的人一个挤一个,保安队都跑光了。你预备怎样?该咱们哥儿们出头露面的时候了。"

听到第一句话,高占峰的脸上,立刻闪过一种木然的影子;而就在同一秒工夫,眼光又突然有所悟地那么明亮起来。但立刻又变作阴沉而严峻的眼风了。他说:"你掷下车子过来呀!"他的脑际闪着上海夜间的三座巨火,逃亡的难民群、渴睡、轰炸、震天的尖呼以及飞扬的尘土。只觉耳朵发出一阵激鸣,他的眼睛合住,感到血涌耳际,但没有晕倒。这瞬间他从梦中醒来,极惊讶他以前的愚昧了。

齐大海从小桥上跑来,一边大声说着什么。所以没有听清楚的原因,是这话声和戈皮旦的急促吠声、小铁儿的笑声,混合了。

"你要到那儿去?"高占峰又恢复了以往说话的沉着口吻,"到北乡做什么?找他们又有什么用?"

"他们干过这玩意儿!"齐大海做了个食指勾机枪的手势。

"我们自己不会干吗?"高占峰说,"你去找柳世杰来,再到古埠山去找把子人来。"

"今晚上吗?"

"今晚上。"

"那么你预备干吗?"

"当然干啦!"

"你呀!"齐大海猛地扑过去,喜极欲狂地抓住他的两条胳膊,若是他的臂力大一点儿,这瞬间很可能把高占峰举到抛空摔碎的。拳头雨点似的击着高占峰的肋骨;高占峰也紧紧抓住他的两臂,否则一定站立不稳,而戈皮旦狼狗渡桥又怕,隔着河跳扑到东,扑到西,狂吠不绝。小铁儿又是不住嘴号哭,这瞬间使他俩同感紧张、急促、欢快,只暂短的一会儿纠缠,齐大海就离开高占峰,喘吁着拾起鸭嘴帽子(这是在他猛扑高占峰时闪落的),只见他朝大腿上挥打着,说道:"那么我这马上到柳家洼去找他,你就召集咱们村子里的人。咱们哥儿们的秦琼卖马时候过去了。叫他们把红缨子枪、土炮、大抬杆、洋枪、腿叉子都亮出来吧!"走过桥去大声喊着:"戈皮旦!头前跑呀!"那狼狗追扑着他的车子,狂吠着,远远一溜烟儿迅速地旋风似的跑去了。他们既没有商量召集人枪的步骤,也没有估计敌人的军力,一切是如此简单地决定了。

高占峰一座巨塔般,静静站在那里瞭望着,而小铁儿已经哭着抓住他的手。他可不知道,他是怎样用力摇撼着那只大手呀!高占峰任什么不知道似的,站在那儿想:"我是得到掖县去找找张旅长。"

九

　　古埠的"山"日，召来了远近大小村庄的农民、地主、货郎和那些流浪海外很久而回乡来的汉子们。这是些游手好闲的人，他们全走过大码头，有的在关东砍过木头，有的在沙皇统治俄罗斯时代背过包袱，从这村到那村推销他们的山东绸和中国花边……第一次欧洲大战，回来一些，一九三一年的"九一八"事变，又逃回来大部分，他们受尽人世的各种苦痛，也见过各大都市的豪华生活，总之，心眼高了，然而还是一天吃三餐地瓜干儿和胡萝卜过日子。于是在一九三〇年以后的日子里，普遍地发生匪警。三天两日，不是这村子富户给绑了票儿，就是那村的地主遭了抢，但是二里外的村庄当天却又没有一家听到什么可疑的动静，既没有匪帮路过，也听不见枪声，而且遭事户儿的邻右也不会受惊，因为所说的匪人就是农民，从不结帮，只是单来独往地出现，可见不是外路人。而且被绑的人给膏药糊了眼睛，耳朵里灌了黄蜡，又可见匪人是怕"票儿"有所听，怕"票儿"有所见，更可见匪人有的是面熟的人了，而且匪窝都不远，有的把"票儿"放在磨上推着旋转一夜，就算坐了渡船，自然"票"儿的耳朵没灌蜡，还可以弄作水流声来壮航行的声势。在这些心惊胆战的日子里，同是一个村庄的人，也不敢彼此担保是良民，叔父怀疑侄子，舅舅不相信外甥。白天，在那阳光底下的农民，确确实实是耕种不息的，眼光也是善良的，表示着安分守己的习性，一到夜晚，有谁会相信自己就一点歹心不起呢！"县庄会"是普遍地成立起来了，可是"县庄会"的壮男，全是来自本村本庄的农家，于是所说的土匪也就有借避耳目的隐身所在了。韩复榘统治这块土地的时代，每天都烧几个村子，枪毙几十个找不到保的农民，实行五家连坐法，因之他手下的一个团长，有了杀人阎王的威名。直到现在，这匪风渐息的日子，大凡赶山的人们，腰里还带着家伙，三五个人连在一块儿不散伙，为的是防备高粱地里窜出黑烟涂脸的强盗来。谁不知道赶山人的腰包，是硬实的呢！

古埠山的赌棚就全是这一色人的集合场，而戏台下坐的是一片打扮得惹眼的妇女们。这是两个天下，两个乐园。距离着三条大街。赌棚是在村南的河边上，戏台是扎在村北的广大的打麦场的一端，四周的空地全给远村的车辆占满了，而且那些没有近亲的远来的女客，都坐在车棚上，向辽远的戏台上望着，但近前走过一个戴鸭嘴帽的跑过外国的苦力，或是跨着鹅步，披着旧军衣的退伍的兵士，她们又移目注视，一个也不会逃过她们那闪闪有光的愉快的眼睛。因为这些人物是那么懂风情，懂得怎样卖弄他们的男性的傲岸姿态来取悦她们。这些在戏台下打转的汉子，只是注意着哪个车上有俊丽的闺女或少妇，以便借着喝碗豆浆的机会在那儿多站一会儿，他们懂得看风使舵，也懂得看眉眼搭话。在这里，还有谁能比这行人聪明的呢！而那些炸油条的、卖糖果的小贩，又大部分挑选着俊丽人物多的车边儿上摆摊子，差不多这就是他们落脚的标志。因之斗殴和流血的事件，在古埠的山日是一天几十起的，并不比赌棚里的事件少，而这里的山会会首们和古埠村的头脑，不用说，三天就全变成嘶哑的了。

当戏台上的《法门寺》正在上演的时候，台下的正面观众都在聚精会神等待三千岁刘瑾出场的时候，突然左手的一角，爆发了三声朝天打的枪声，正如在广大的剧场看戏的情形一样，观众

205

的神经并不全为剧情所吸摄，而且一遇什么响声就会立起了身子，只在一瞬间，所有的观众全森林般地站起来了，眼睛和面颊儿都转向左手那一个角落。他们的目光闪着吃惊的神气，嘴里说着："什么事儿？什么事儿？"问话的人既不找对象，答话的人也不看问者的脸色，仿佛眼睛一离那出事方向，就会错过什么，来不及逃脱似的。只见一个魁梧的汉子在一辆妇女林立的农车上出现，向空挥着手狂喊，右手有人向他跑去了。不一会人群就拥挤不堪，在那儿凝集作一团儿，妇女们全脸色苍白地向广场外奔走，惊散的鸟儿似的。那时齐宏业跳到前台上喊道："不要慌，还离咱们古埠远哪！男人们到三号赌棚去呀……"然而没有人听清楚他是说什么，那些农村的妇女只顾照料啼哭的孩子了，何况手里还搬着长条凳，而且若是孩子的糖制人儿或货郎鼓什么的丢在地下，她们还得弯腰拾，虽然情势是这样可怕，然而她们的孩子一年只这一次购买的玩物，尤其是孩子们新置买的鸭嘴帽，可不能轻易丢失呢！只一会儿的工夫，戏台下的空场的土地完全袒露出来了，从遗落的凳子间，可以望见满地一片的瓜子壳、花生皮一类的东西，而凳子又多半是躺倒在地下。那时一辆二辆农车从左手奔驰来了，车轮发着重大的响声仿佛雷鸣，原来辕马和前套的公马受惊了，它们的耳朵可怕地竖立着，周围的人们都惊叫起来。他们向空举着两手，作势威胁那两匹受惊的牲口，更有的生怕它们奔驰的激情低落似的，故意吆吓，农车的轮子在凳子上跳跃起来。

"截住呀！截住呀！"有一个汉子迎着马头喊，但当农车前的马匹并不转方向，仍冲着他奔来的工夫，他就跳到一旁去向空挥着双臂了，仍喊着："截住呀！截住呀！"实在他自己也不是在那儿阻截，而是向别处驱逐，生怕会向自己奔来。二辆农车在戏台右手那些麇集的车辆前，转了弯儿，因为站在那些车辆之间的车夫，老远就摇挥着长鞭子，作势驱打着，只听见戏台右脚底下一声尖叫，一个梳有两条小辫子的小女孩儿，给辗在车轮子底下了。在她躲避农车的时候，凉棚下的男人们就喊："往哪跑……往哪跑？给鬼迷了！"而那小女孩儿就迎着马头向左奔跑几步，又向右奔跑，她完全糊涂了，而且突然地跌倒，就在这工夫，马车从她身上碾过去，同时撞倒了凉棚旁的炸油条的锅炉，奔向一个坟地去……

戏台下格外冷静了，能够清清楚楚听见左手那群人围绕着的魁梧汉子的呼喊："到三号赌棚去……全来，全来，齐宏业，快走呀！你看什么哪！"

齐宏业和一个脱了乌纱帽的光头的戏子，站在台右角向外边那块坟地望呢！现在就跳下戏台来，一边向倒在台脚下的女孩儿的尸首望着，路过围绕在这尸首身旁的几个车夫时，还问："是咱们古埠的，还是外村的？"这是问那死者的，但也没有听明白回话，就向北奔跑着，有人还沿路叫着："到赌棚议事去！来呀！"实际上又是谁也不摸这变故的底细。齐宏业听见那跑着高呼的农民回答谁的话："土匪要来洗庄了……"下边的话就听不清楚，因为现在他们是沿着这条土墙胡同跑，墙里的狗吠是那么喧杂，有门的处所，还能听见狗爪刨门的声音，它们是扑着门向墙外的声音咬。

胡同末端是条搭着临时酒馆的席棚的横街，这是沿河崖搭的。

跑过木板桥，就是广大的赌棚场所了。只见人群密集，连桥口都堵塞了。

齐宏业跑过去，还高声嚷着："乡亲——借光——闪闪呀！"

挤到第二号赌棚，就再也挪不动一步了，他望见高占峰现在是高高站在人群的头上，脚下一定是踏着桌子一类的东西，只听他高叫着："乡亲们！你们都是跑过关东，下过崴子的人，不用多说，有枪的拿枪来，有土炮的扛土炮来，你们在张宗昌老总底下吃过粮的，在海北挖过人参的，砍过大木头的；你们贩过烟土的，拉过山帮，当过胡子的，在东三省吃过日本人亏的，受过高丽欺侮的……到了咱们出头露面的日子了，到了咱们喘气的日子了，都来呀！别贪图你们那亩半地的地瓜了，别恋恋着你们老婆那两只绣花鞋了。有粮的拿出粮食来，有牲口的拉出牲口来，你们干过红枪会的，信过白莲教的，拿出你们的本领来吧！扛出你们的红缨子扎枪来吧！前清咱们反过洋教，烧过胶州铁道，如今又是这个日子了。如今可没有皇上来帮他们了，如今是'抗战'了，南军打日本，北军也打日本，你们再不用担心绿旗兵和咱们捣蛋了。……"那时，齐宏业又环顾一下，想找空子向近前挤，就在这时，人群突然向前挪移，而齐宏业还没有挪进两步远，人群又突然向后倒退，一寸一寸地逼迫着齐宏业倒退，而且直退到一号赌棚的门口才稳定。

齐宏业连高占峰的话声都听不清了，他第二次向里挤，人群又继续一寸一寸地倒退，而齐宏业像给汹涌的波涛排到海边上的浮萍一样，退到板桥口来了。

近桥的对岸，也林立着一群赶山的庄稼人了，当中还有一个袒着胸口的中年农民，在他肩上挂着一串火烤的硬麦饼，仿佛一串僧人的大佛珠一样。他高声向齐宏业问："乡亲！什么事呀！"

"日本攻下咱们县城来了。"齐宏业高声回答，"过来呀！"实在连他自己的立脚地方都没有，这话完全是不负责任的，并且继续向前挤着，找人肩和肩的空隙，往人群里摇着身子。

还没有挤到第二号赌棚，人群第三次膨胀开来，齐宏业又被迫地向后倒退。那时候，他没有听见高占峰的声音，周围爆发了一片喧噪声，而且只一秒的工夫，就寂静下来，突然响起一片向天打的枪声。齐宏业正在望着地下移动的许多脚尖儿，防恐踏到自己的鞋背上，等到抬头望时——就是这一秒钟的工夫，他还是不能站定位置，脚尖仍然随着波涌的人群倒退着——漫天飘着烟朵，像谁抛在空中的灰色的圆球，一会儿就破裂开来，交舞在一起。只在他仰脸注望的这一瞬间，人群就急匆匆地散开，齐宏业不知什么时候，已经退到全是酒馆席棚的河对岸那条街上来了。

到处都是跑动的人们，是怎样一个恐怖的场面呀！那些久受压制的野性，这时在人们身上，全爆发出来了。到处有抢劫的事件发生，整个古埠村的住宅，全在呼救和枪声的混乱动静下淹没着，可以想象到居民是在怎样的恐怖中颤抖着。齐宏业根本还没有弄清楚高占峰发动的究竟是什么，当他望见一伙儿庄稼汉子用石头撞击一座酒棚的板门时，也参加进去。

"怎么还用石头，撕开这席子壁就中了！"齐宏业撕开一道席子，于是那些脸色苍白的人弯腰走进去。

棚里一个人也没有，炉火还融融地燃烧着，煤火苗子时时吐着红艳的光辉，燎水的铁壶还放在缸盖上，从那没有盖的铁壶口上冒着热气，可见人们离开这儿不久，在他离开时还想灌些生水进去；然而这也没来得及。

进来的人们，全用火光闪闪的眼睛环顾着。

"怎么他跑了呀！"

齐宏业立刻从这口气里知道这伙儿人，不是打算趁机抢劫，就是和这家酒棚有闲隙，存心谋害人。

"看看有酒吗？"其中一个面型善良的农民说，"来呀！给你这个大碗。"

他们是那么匆忙，连口灌着。在他们喝的时候，酒滴不断地从嘴角淋漓地流下来，仿佛只有揩揩嘴角的工夫，连门口那肉案子上的熟牛肚、烧鸡，都没看到，就又匆匆跑出去了。临走还把酒缸打破，而且那个面型善良的农民，又回来呼唤齐宏业："快出去呀！"接着塞一把干草在炉上，齐宏业才知道，原来他是回来放火的。

这只是几秒钟的工夫，然而齐宏业退出来，却发现街上没有一个行人了。

到处是枪响的声音。齐宏业完全给这些声音吓慌了，不是胆小，而是他找不到那些人群，尤其是和高占峰他们失去联系。

他开始向狗吠声激烈的村南跑去，仿佛那里人声沸腾，而在这里只是一片冷寂中听到嗡鸣而已，而且这嗡鸣的来向又不可确定。

这时天色渐近黄昏，齐宏业又听见古埠村东南角上一片枪声，他猜想那一定是集合的号令，果然接着是一片马蹄声，迅速地跑开去。等齐宏业从戏台下抢到牲口和第二批杂乱的庄稼人鞭打着牲口奔驰跑到庄外时，古埠村北的上空，已经大火冲霄，乌烟蔽天了。

十

齐宏业骑的是一匹七岁口的灰色马，跟随在前锋的几匹公马当中奔驰着。

村外,暮气沉沉,仿佛飘散着一些烟雾,缭绕在树丛梢头,展卷在田野的低空,远处村庄都隐约不清了。

领头的是一个宽肩膀的农民,只从那又厚又饱满的背部看,就知道是个臂力过人的汉子,只见他在麦野中一个十字路勒住马了,他骑的是匹红色马,马项上还遗留着套夹棍,两边拖着四根切断的套绳,可见是从农车上拉下来的。那马喷着鼻气,咴儿咴儿地打着响鼻,它也完全在神情激发中,腿力百倍了。

"向左手,左手!"齐宏业喊着,那灰马已经拐弯,在左手的石铺道上奔驰开去,骑者是没法控制它,以便等待尾后那一伙儿人了。但一会子,身后就涌起一阵风,马蹄声有力地敲着石铺道,越来越响,只一瞬间,那匹红马就越过齐宏业,恢复了它领头的地位。这时候,说不清是骑者们由于马匹的嘶鸣和奔驰而紧张、兴奋,还是马匹由于人们的声势和受到别的马匹的感染,而紧张、疯狂。它们竞赛似的向前方追逐着,只有猎手们跨马追赶兔子时,才有这样激动的情景。他们高声嚷着:"有灯光了!前边有灯光了!"可是转到他们左手的在古埠村上空飘荡的那片火光,他们却又一点也不注意。

果然距离齐家庄一里路的光景,齐宏业就听见人群的哄闹声和马匹的嘶鸣,而且可以估定他们是集合在高家菜圃一带。一会子,河崖旁边有大的灯笼出现,那不是距离近了他才看见的,而是灯笼刚刚燃着。不用说这大的纸灯笼是只在办丧喜事的场合才出现的,而现在他们就例外地挑起它来,而且移动着,齐宏业想象到他们是向大槐树上挂……一进村口,只见齐家庄大小胡同全是走动的庄稼人了,自然有些年高的老头子和小孩从土墙上露出头来观望。有一尊土炮从阴暗的胡同口，抬向灯笼高挂的方向。

"高大哥呢？"齐宏业问。

"在河崖槐树底下，人都占满了！"

"做什么呀？"

"摆祭坛呢！大家推出红教师来……把牲口拴到庄外去吧！"齐宏业拴了牲口，就顺着河崖向槐树底下跑，只见沿顺河崖全是红布包头的红枪会的枪手了。有一个扶着拐杖的老头向他们说："你们全给鬼迷住了呀！"在那些枪手的脸上洋溢着狂欢的笑容。有人纵声说："说不定鬼迷了人，还是人迷了鬼！"齐宏业走过很远，还听得见他们的笑声，人是越来越挤，话声越来越响。在一团儿较多的人群当中，有两个人高声对话。

"那年杀洋教的时候，我还记得你们庄上死了两个人。……"

"逼上梁山呀！我们再怎么活下去呀！不是旱灾，就是兵乱……"

齐宏业又望见槐树上披了红布，摆了香案，有两支火烛在案上煊耀着，更看得清楚香烟袅袅了。然而他并没站下，只是巡视着林立在案前的一伙儿人的脸子，但当中没有高占峰。实在他不知道为什么急于要找他，找到他仿佛就安心了，越是不见，越是心焦。

"高大哥呢？"

"和会首们议事呢！你向哪跑？在这等着吧！这就要登坛了！"说话的人是齐大海，他的外套仍旧披在肩上，一只脚踏在一尊土炮口上，说话时就拿下脚来，说完又踏上了。一只肘压在膝上，手掌支着下巴。站在他面前的一圈儿人，全凝望着他，仿佛他脸上有吸收不完的新鲜东西，实际上，他是背着灯笼光站着，脸埋在黑影里，只有眼睛时时闪着火光。有人问他："那么我们今天夜里就去攻县城吗？"

"谁说的？"齐大海说，"咱们祭完坛，天就快亮了……不攻城，咱们拉到东山里去再说。"他突然把脚放在地上，向齐宏业招呼声："你来！"齐宏业就跟随着他走去，那时遗留在炮后的那圈人就散开去，投向另一些小组，在这种场合，到处是一无主见的人们。他们在这一伙儿听听，在那一伙站站，很少插嘴，也不发表意见；可是一到行动的时候，他们就铁人一样听派遣，完全是封建性的服从呀！也正因为封建性的传统，几代就很难发现一个能够发号施令的人，自然高占峰在他们心目中是个值得仰望的英雄了。现在他们里边就有人向外传递着这消息："今晚上不攻城呀！齐大海还说咱们还得拉到东山里去呢！"

齐大海把齐宏业叫到背人地方就说："你的东西预备好了吗？你还不知道呀！今天半夜就得赶到东山里去——明天！明天太阳一出来，你敢保人心不散吗？打铁趁热，放火趁风，你们不等这时万人一心的工夫调动他们，还待什么！赶天亮，太阳也出来啦！咱们也到了东山啦！他们想起家里还有老婆孩子，可也回来啦！你当拉个山帮容易呀！赶快……你的红包头巾呢？找出来，不管谁家要弄杆枪来，这就要祭坛了。"

齐宏业跑开去了。消逝前，齐大海还叮嘱他："快回来呀！"

"快！"他跑着说。

从街中传来鼓声，这仿佛一个战争前的号角，所有的人逐渐终止了他们的攀谈。齐大海现在跳到一座矮到膝部的土园墙上，高呼着："你们各人站在自己村庄那些乡里街坊中间，红教师就要来了。王家洼归王家洼，李家集归李家集，不够五个人的归到邻近的大庄子里头。"又跳下来高声招呼："柳世杰呢——柳世杰——他到哪儿去了？柳家的会友们站在哪儿？向前来呀！"

人群完全混乱了，各人寻找着本庄人的集团，来往穿梭着，呼喊着，完全是酒醉的醉汉，完全是鬼迷了的眼色。他们的脸色火红，眼睛发光，这醉人的夜，迷人的鼓声，彼此从彼此眼光中受到的感染，疯狂呀！疯狂！他们要对日本帝国主义者复仇。有人低低说句："来了！他们来了！"于是这声音迅速地传布开去，他们的脸孔都渐渐移向同一集中点，鼓声越是逼近，他们的心越跳动得厉害，尽管背后或肩侧有人走动，尽管走动者的问询是多么清楚，然而就是明明听见找的是自己这村庄的名字，就是听出这寻找者的口音，他们也无暇来说一声："这全是王家庄的，你就站在这里吧！"他们的全部注意，都集中在大家所观望的方向了。虽然眼前是一片黑茫茫的夜雾，虽然一点什么也看不清楚，然而大家全向那望着，也就没人迟疑了……但当鼓声从沿顺河崖的西手现出来，人们就又转移了注视的方向，鼓声越近，心跳得越猛。终于望见背鼓身后的敲鼓手了，在他俩周遭，又是一圈儿人，手里全挑着纸灯笼，手里全拿着红缨枪，只从那有次序的排列和同一姿势的步法上，就知道这是一九三〇年拜过师的老会友，他们的包头巾扎得那么讲究，两额竖立着包头巾的两角，像是一对挺立的牛犄角。

河对岸的一组树丛上，有人呼啸了。这声音来得特别清楚，因为祭坛前的那些准备参加祭礼的各村庄的农民，全森严地立在那儿，没有一点声音。而爬在树巅上的汉子，又多半是不解事的未成人的小伙子。他们的任务是照护本庄人夺来的牲口。

齐大海还在编排着队伍，按照村庄的远近和人数，指定他们的位置。他的精神焕发，一会跳到这儿，一会又跳到那儿。那匹戈皮旦突然从人丛中跳出来狂吠着,追随在他身边。但一等赤着半个胸膛的红教师和高占峰出现,他的声音就低下来:"快点吧!咱们该把好位置让给远庄的乡亲。"

一切都沉寂了,全凝望着红教师的气魄英勇而肌肉瘦薄的胸膛和他那衰老的面容。然而尽管他的体态是怎样老,可是人们从他的两只深陷入眉底的眼睛里,可以感到他的锐气。这是一个远近有名的红门祖师。叔叔参加过义和团,他自己年壮时带领着一部分教徒,毁坏过胶州铁道。谁也不知道他隐居在哪里,但在古埠山上一给人发现,就把他拥上马了。那时,他不住地说:"年纪老了呀!年纪老了呀!"但终于推脱不下,接过马鞭子去,那时他的嘴是那么天真地笑着,实在他想不到他平日所妒忌的大师兄手下的——高占峰,是这样器重他。

进场时,他向那些林立的村民以及外庄的乡里欢欣地点头,并说:"教友们和非教友们都站在一起吗?也中呀!不要分了,反正咱们到东山再说哪!先祭坛,这是祖师留下的规矩,无非是表示庆贺咱们起事的地方。"他说话的口气,充分证明他是怎样和善,实际上他又是一个杀人不变色的人。

于是人们在他这几句话结束之后,立刻活跃了。人丛中,有许多听不清的高呼,仿佛要求他报告一段以往起义的光荣史似的。然而他只笑笑,就吩咐柳世杰在槐树底下升起火来,净出一块地方做神位。

高占峰从古埠回来,脸色一直是苍白的。正像雄图将实现的野心家,在将成功的那一瞬间的脸色一样。这反而使他的眼光更沉着,又仿佛胸有成竹似的坚定,实际他现在是没有一点主见,就是说,并没想到巩固这群庄稼汉的信心的步骤。他担心着,他们不久会突然神丧意灰地散开去，因为他们都是些赶山办事的远来客，他们说不定什么时候想到家，想到家里的牲口，想到野里的麦子，想到地里的待收的庄稼。每一秒钟，高占峰都注意着这些人群的眼色。当齐大海向他报告，说是某个有名望的埋头多年的土匪也来了的时候，高占峰就机密地向他小声说："快呀！"齐大海立刻知道两个字音所含的意义，就迅速地向柳世杰跑去："你要干什么？还找什么劈柴，抱两捆喂马的干草来先点着火呀！"

那些平日聚谈总忘不了喂牲口时间的庄稼人，现在完全沉浸在这神秘的夜景里来了，完全给这时低、时高、时缓、时急的鼓声所陶醉了。只有在这种场合，才知道黑夜的魔力，等到柳世杰升起火来，人群在红艳的火光里，更神往意迷了，喧声高腾，有人在焰火跟前很快地打了个飞脚，于是爆发了笑声，有人喊："打套拳呀！"

这时候红教师已经焚烧了第二道降神符，他的面色严肃，完全置喧闹声于心外，嘴里喃喃着咒语。遥拜着北斗星，当他俯身而跪的时候，在咒语中夹句："跪下，跪下。"仿佛在自语，然而高占峰是理解他师叔的个性的，立刻向人群宣布："跪下！"人声突然给斩断了，而且一种严肃的气氛，立刻渲染了全体。只是跪拜的动作，是那么不一致，然而对神的信念，却使他们的眼色现出同一的尊严的光辉。

那时鸡叫第一遍。啼声初开始，就给鼓声淹没了，打鼓手完全受高占峰那一注视的指挥而敲打的，实在谁也没有知道这敲鼓的用意。并且即使没有鼓声，人们也未见得能听清楚鸡叫的声音，因为村外的马嘶声永没有休止，其中还有两匹公马鼻啸的短促声音，从那声音里可以知道它们一定在相嗅的状态下，刨着蹄子。

注意到鸡叫的声音的,只有高占峰,因为他一直有着这预感,那就是他们听见鸡叫,一定会从狂醉的状态中惊醒,那时候,该突然会说是"给鬼迷住了!"记起他们的家庭和妻女。

法事没有完毕,高占峰突然高声叫着:"古埠那边有人来抢牲口了,赶快动鞭子,有枪的上上子弹呀!跟我来!"并机密地向红教师递了一个眼色。

于是一群马盗似的,只片刻工夫,这广场上只剩下了一堆猛烈的火焰。

一片马蹄响声渐渐远去。

半点钟之后,高喜瑞老头子在这槐树底下出现了,静静站在灯笼底下,向远处侦听什么似的。听见脚步声,他问:"谁呀?"

"我!"

"他们都走了!把那些火弄灭吧!"

"大哥呢?"

"镰头,你该嘴紧一点,他们到东山去啦!"

十一

请读者们不要失望,这里已经不是小说,因为史实没有能够传奇式地继续多久。假若作者不是把原稿丧失在香港,也许读者们可以得到比较完整的一篇故事,然而现在作者已失去把史实渲染成满足读者欲望的神话的兴致,是的,自然我是爱护我的读者的,所以把它补完,实在又是破裂的爱情的继续。不管怎样,究竟是曾经有过裂迹的爱情,何况事实又没能够得到适当的发展呢!而读者们又是要个结果的。那么我在这里补述一下:

这一群灵魂在《水浒》孕育之下的农民们，到第二天，发现自己是在东山上的时候，都仿佛做了一场噩梦似的，仿佛酒鬼醒后，而忆及昨晚的沉醉和狂欢似的。然而他们是疲乏了，就挤在圣母娘娘的大殿里，有雕栏红漆柱子的石铺走廊上，花坛和石砌的庙宇院子里的干燥土地上，睡下来，正像耕作过后的困乏，睡在有树荫的旷野上一样。

主持庙产的老和尚，早在他们没有到达山巅的时候，就卷着珍贵的法器和衣钵逃掉了。徒儿师侄一辈的和尚，也各自逃走，他们以为是土匪来抢劫这座远近知名的东山庙堂的。就这样，高占峰在这选定了驻扎区域。自然，白天睡觉的工夫，私逃了若干人，这事件继续了一夜，最后有二百十三个农民长久地留在这里了。

他们大部分是年轻力壮的，他们已经过厌了那种饥苦的庄稼日子，他们的生命之火本来已给耕种的活计所浸熄，现在又完全燃烧起来了。他们时时刻刻想杀人，时时刻刻想复仇。日本人在他们的心目中，实际上是一种毁坏几千年来的传统生活的魔鬼，在他们的血液里也燃烧着对于懦弱官府的仇恨，一种不自觉的对现世不满的情绪，支配着他们。他们在聚饮中，喝得酩酊大醉，醉后又是口角又是械斗，高占峰最初并不禁饮，虽然械斗时常常有人受伤，有人流血，然而一会儿工夫，大家伙儿又高声谈笑起来了。第二天，两个主角开始不讲话，避讳着见面，自然也不会再来第二次。

直到他们开始在高粱地里袭击日本的军用卡车，才抛弃了聚饮的豪兴。他们把受伤的弟兄抬到东山老巢里去；战死的，就用刺刀和红缨枪挖着坑，用长衫兜着土，埋在地下，用鞋底把高粱地的血迹磨搓干净,把倒歪的高粱扶直,再调换地方。然而那些敌人的死尸,他们可不管,用脚踢到路沟里,就一任他们遗留在原野上了。

他们的愉快就是赞赏从敌人手里所虏获的东西,他们的悲哀就是一无所得,白白被敌人打死几个弟兄。那时,他们之间,就没有语言,等到回归老巢,垂头丧气,各自睡到各自的高粱叶子所堆积的地铺上去。留守的弟兄也立刻受到这哀伤的感染,低声交语着,轻步走路,谁也不敢对回归的战士问询什么。而高占峰的姿态,也不同了,常常一个人用手埋着脸,大半夜对灯坐着,一点气息都听不见。若是杀伐得手,虽然死几个弟兄,他也会给那蜂鸣的喧笑声所诱惑,时而要走出去,那时他望见任何人都要微笑的,而他们的面容则像过新年一样的愉快。有一次,见到他,三次两番地问:"在打仗的时候,齐宏业怎么会倒在地上不起来?"明明是大家都知道,但是还要听,而且借此对胆怯的人嘲笑,因为齐宏业是以为受伤了,躺在高粱地沟里,喘息地说:"我完了! ……我要死啦!"脸色苍白,手指发抖,而且嘴唇在说话时极艰困地启动,原来他望见自己胸前的一小团血液和脑浆,实际上那血液和脑浆是他亲手刺穿敌人头颅时溅到身上的,但他当时没有发觉,等听见又一声枪声,就倒下来了,才发现胸前有血……

这年冬天,日本轰炸机来到东山轰炸。他们已经引起敌人的注意,由于胶济铁路东端各站口所常遭遇的夜袭,由于烟滩路的军用卡车时常给他们截击……这天是高占峰和他的弟兄们永不忘记的日子,一百零三个人受伤了,四十多个骁勇的弟兄死掉,而且全是瓦砾下一堆模糊的血肉了。

从这以后,高占峰的部队,每次战争,就完全疯狂了,他们高呼着冲向敌人,只要没有机关枪弹阻挡,他们就会丢弃子弹,用刺刀追逐着敌人,不但刺死他,而且挑开敌人的胸膛,他们是那么熟练地把敌人的心脏就势抛到丈把远以外的地方去……

高占峰每隔十几天,开始化装回齐家庄一次,一来探听消息,二则探望小铁儿,他是那么想念他呀!这时候,谁也不知道他的部队的驻扎处了。

一九四三年一月二十六日补完